Kadokawa Fantastic Novels

Contents

熊熊勇闖異世界
4
くまなの
Illustrator029
Kadokawa Fantastic Novels

▶優奈 'S STATUS_

技能

▶異世界語言
可以將異世界的語言聽成日語。
說話時傳達給對方的內容也會轉變成異世界語言。

▶異世界文字
可以讀懂異世界的文字。
書寫的內容也會轉變成異世界文字。

▶熊熊異次元箱
白熊的嘴巴是無限大的空間。可以放進（吃掉）任何物品。
不過，裡面無法放進（吃掉）還活著的生物。
物品放在裡面的期間，時間會靜止。
放在異次元箱裡面的物品可以隨時取出。

▶熊熊觀察眼
透過黑白熊服裝的連衣帽上的熊熊眼睛，可以看見武器或道具的效果。
要戴上連衣帽效果才會發動。

▶熊熊探測
藉由熊的野性能力，可以探測到魔物或人類。

▶熊熊地圖
可以將熊熊眼睛看到的地方製作成地圖。

▶熊熊召喚獸
可以從熊熊手套召喚出熊。
黑熊手套可以召喚出黑熊。
白熊手套可以召喚出白熊。
召喚獸小熊化：可讓熊熊召喚獸變成小熊。

▶熊熊傳送門
只要設置傳送門，就可以在各扇門之間來回移動。
在設置好的門有三扇以上的情況下，可以透過想像來決定傳送地點。
傳送門必須要戴著熊熊手套才能夠打開。

▶熊熊電話
可以和遠方的人通話。
創造出來以後，能維持形體直到施術者消除為止。不會因為物理衝擊而損壞。
只要想著持有熊熊電話的對象就能夠接通。
來電鈴聲是熊叫。持有者可藉由灌注魔力切換開關，進行通話。

魔法

▶熊熊之光
藉由聚集在熊熊手套上的魔力，可以產生熊熊形狀的光球。

▶熊熊身體強化
將魔力灌注到熊熊裝備，就可以進行身體強化。

▶熊熊火屬性魔法
藉由聚集在熊熊手套上的魔力，可以使用火屬性的魔法。
威力會與魔力、想像呈正比。
如果想像出熊的模樣，威力會變得更強。

▶熊熊水屬性魔法
藉聚集在熊熊手套上的魔力，可使用水屬性的魔法。
威力會與魔力、想像呈正比。
如果想像出熊的模樣，威力會變得更強。

▶熊熊風屬性魔法
藉由聚集在熊熊手套上的魔力，可以使用風屬性的魔法。
威力會與魔力、想像呈正比。
如果想像出熊的模樣，威力會變得更強。

▶熊熊地屬性魔法
藉由聚集在熊熊手套上的魔力，可以使用地屬性的魔法。
威力會與魔力、想像呈正比。
如果想像出熊的模樣，威力會變得更強。

裝備

▶黑熊手套（不可轉讓）
攻擊手套，威力會根據使用者的等級而提升。

▶白熊手套（不可轉讓）
防禦手套，防禦力會根據使用者的等級而提升。

▶黑熊鞋子（不可轉讓）
▶白熊鞋子（不可轉讓）
速度會根據使用者的等級而提升。
根據使用者的等級，可以長時間步行而不會感到疲勞。

▶黑白熊服裝（不可轉讓）
外觀是布偶裝。具有雙面翻轉功能。

正面：黑熊服裝
物理與魔法防禦力會根據使用者的等級而提升。
具有耐熱與耐寒功能。

反面：白熊服裝
穿著時體力與魔力會自動回復。
回復量與回復速度會根據使用者的等級而提升。
具有耐熱與耐寒功能。

▶熊熊內衣（不可轉讓）
不管使用多久都不會髒。
是不會附著汗水和氣味的優秀裝備。
大小會根據裝備者的成長而變化。

75 熊熊購買店面

向在王都照顧過我的人們問候完的隔天，我使用熊熊傳送門和菲娜一起回到克里莫尼亞。

「優奈姊姊，這次玩得好開心喔。」

雖然魔物的出現等事讓我嚇了一跳，但王都的確很好玩。

最重要的是，能夠取得馬鈴薯和起司讓我很高興。

「幸好妳玩得盡興。有了熊熊傳送門，以後就可以隨時去王都了。」

「希望下次可以和全家人一起去。」

「可是，這個傳送門的事情是祕密喔。」

「嗯。」

為了將菲娜送回堤露米娜小姐身邊，我們前往孤兒院。這個時間，堤露米娜小姐應該在孤兒院照顧咕咕鳥才對。

我們來到孤兒院附近的雞舍，就看見孩子們賣力工作的身影。我正在張望四周的時候，其中一個孩子注意到我。

「熊姊姊！」

一個人發現我，大家就全都停下手邊的工作，來到我身邊。

「大家都過得好嗎？」

「嗯。」

孩子們都露出笑容。

嗯，他們這麼有精神真是太好了。

「堤露米娜小姐在嗎？」

「嗯，她在那邊數蛋。」

男孩子指著雞舍旁邊的小屋。我向告訴我這件事的孩子們道謝，走往堤露米娜小姐所在的小屋。我們一進入小屋內，就看見正在數蛋的堤露米娜小姐，而她身旁還有修莉在。

「媽媽！」

菲娜一見到堤露米娜小姐，便高興地奔向好久不見的母親。

「菲娜？」

「姊姊！」

修莉跑向菲娜，笑著抱住她。菲娜也溫柔地擁抱她。

「修莉，我回來了。」

「堤露米娜小姐，我們回來了。」

「妳們兩個，歡迎回來。」

我把暫時由我照顧的菲娜還給堤露米娜小姐。

「那麼，王都怎麼樣？」

聽到堤露米娜小姐的話，菲娜很高興地開始說起關於王都的事。

「嗚嗚，都只有姊姊可以去，太賊了啦。」

聽了菲娜的話，修莉一臉羨慕。下次要去其他地方時，如果不帶她一起去就太可憐了呢。

「對了，堤露米娜小姐。我有事要跟妳商量，應該說是拜託妳。」

「什麼事？」

我簡單說明了關於莫琳小姐她們的事，然後說我想要開始開店。

「除了賣蛋，接下來還要賣布丁和麵包呀。而且竟然還有師傅要從王都過來。那樣的話，我要做什麼才好呢？」

雖然她說得好像有點傻眼，但似乎願意接下這份工作。

「像是店裡的銷售額和食材的進貨，我主要是想請妳負責金錢的管理。」

「我知道了。詳細情形等那位莫琳小姐過來再談就可以了吧。」

「另外，因為還有關於布丁的事，可以請妳也和米蕾奴小姐商量蛋的事情嗎？因為還要決定布丁的販售數量。」

「了解。我下次去商業公會的時候會去談的。」

我也有很多事情要找米蕾奴小姐商量。不只是蛋的事，因為要做麵包和披薩，所以需要更大

的店面，我也必須和她商量開店的事。

打擾堤露米娜小姐工作也不太好，所以我打算和院長打過招呼就回去，不過她似乎出門了，於是我決定改天再來。

我接下來前往的地方是冒險者公會。我一進入冒險者公會，海倫小姐就注意到我了。

「優奈小姐，您已經回來了呀。」

「來，這是給海倫小姐的紀念品。」

我從熊熊箱裡拿出從王都買來的禮物交給她。

「是飾品呀，謝謝您。」

因為我不懂異世界的流行，所以店裡的人說什麼我就買什麼；看她高興的樣子，應該是沒問題了。

「對了，公會會長在嗎？」

「是。我馬上去確認，請稍等一下。」

海倫小姐到後面的辦公室去叫公會會長。

然後，她馬上就回來了。

「優奈小姐，會長想在辦公室和您見面。請進。」

我向她道謝，走向公會會長所在的深處辦公室。

「妳回來得真早。」

「因為有召喚獸嘛。還有，謝謝你的介紹信。」

「有派上用場嗎？」

「結果我在交出信之前就遇上麻煩了。當時王都的公會會長幫了我很多。」

「有派上用場就好。莎妮亞她過得還好嗎？」

「她很好。雖然我給她添了很多麻煩。」

我這麼一說，公會會長就笑了出來。我在與冒險者的糾紛、狩獵魔物的事情、與國王的約定、莫琳小姐的事情上都有受到莎妮亞小姐的照顧。因為魔物的事情不能說，所以我提到我靠與艾蕾羅拉小姐的人脈進城堡參觀的事情、遇到芙蘿拉大人的事情，還有請芙蘿拉大人與國王吃布丁的事情。

「拿食物給國王和公主殿下吃？」

他很傻眼地看著我。

然後，我說了關於我在王都認識的麵包店母女、黑心商人、幫助我的莎妮亞小姐，以及國王上門尋求布丁的事。

「妳跑去王都到底做了些什麼啊？」

「我有什麼辦法，這又不是我的錯。」

我沒辦法對莫琳小姐她們見死不救，也不可能拒絕國王的要求。

「那個叫布丁的東西真的那麼好吃嗎？」

「你要吃吃看嗎？」

為了答謝他的介紹信，我將布丁送給他。

公會會長拿起布丁，一口接著一口送進嘴裡。

「的確很好吃。」

公會會長的評價似乎也很高。這樣的話，或許也會受男性冒險者歡迎吧。

離開冒險者公會，我接著前往商業公會。

我走進商業公會，為了詢問店面的事情而開始尋找米蕾奴小姐。

「優奈！」

我在找到米蕾奴小姐以前就被她發現，於是她出聲叫住我。

「請不要那麼大聲叫別人的名字。」

我一邊抱怨，一邊走向坐在櫃台後面的米蕾奴小姐。

「因為我看到妳就忍不住喊出聲了嘛。」

「來，這是紀念品。」

雖然造型不同，但我給她的禮物和海倫小姐一樣是飾品。

「優奈，謝謝妳。」

她很高興地收下禮物。

「對了優奈。關於上次說的店面，我找到幾個候選地點了，妳想怎麼做？」

「關於這件事，我想和妳商量一下。」

我對米蕾奴小姐簡單說明在王都發生的事，告訴她我想同時販售布丁和麵包。所以可以的話，我想要比較大的店面。

聽完我的說明，米蕾奴小姐開始思考。

「順便請問一下，妳想要多大的店面？」

需要可以讓客人用餐的空間，而且因為我想讓孤兒院的孩子們工作，所以廚房也是大一點比較好。正所謂大兼小用。總而言之，我試著隨意說出自己心中想像的店面條件。

「那樣的話，租金會比較貴喔。不過因為開店的事情是我提出來的，所以我當然會算妳便宜一點。如果要很大間的店……」

米蕾奴小姐露出有點困擾的表情。

「錢的事情不用擔心沒關係。如果地點好的話，我打算買下來。」

「優奈，雖然妳說得很簡單，但我覺得店面不是那麼容易就可以買下來的東西喔。不過，如果是妳或許辦得到吧？」

米蕾奴小姐很傻眼地這麼說，但是多虧有神，這部分沒什麼問題。不過，我沒辦法將這件事告訴米蕾奴小姐，只好笑著帶過。

「也好，如果妳可以買下，商業公會也沒有問題。這樣的話，雖然金額比較高，但有一間店面符合妳的期望喔。」

據米蕾奴小姐所說，那棟建築物很大，也在孤兒院附近。就和我的期望一樣。接下來只要確認金額和看房就行了。

「請問那間店面要多少錢？」

米蕾奴小姐取出資料夾，稍微思考了一下，然後在紙上寫下金額。接著，她將紙張遞到我面前。

「打折之後，大概這樣就是極限了吧。」

她提出的金額的確有點貴。至少比我買下孤兒院附近的土地時還要貴。

可是，並不是付不出來的金額。我想要先看過建築物再決定。

「那麼，我現在就帶妳過去。」

因為店面的地點在前往孤兒院的方向，所以我會沿著原路走回去。店面的地點就和米蕾奴小姐說的一樣，相對之下靠近孤兒院；周圍雖然沒有建築物，但只要走一小段路就可以通到有人潮的道路。就算大排長龍，也不會對他人造成困擾。

只不過，問題是……

「店面？」

這裡不管怎麼看都是一棟宅邸。是我的錯覺嗎？不管我揉揉眼睛再看幾次，這都是一棟小型宅邸。

「我想要找的是店面耶。」

「是呀，所以我打算把這棟屋子改裝成店面。」

把宅邸變成店面啊。地點並沒有問題。考量到它是一棟宅邸，價格說不定也算便宜。

「可以進去看看嗎？」

「可以呀。」

米蕾奴小姐拿出鑰匙，打開門進入宅邸。正面有一座大階梯，周圍則是大廳的格局。

這裡或許可以擺上桌椅，作為提供客人用餐的空間。

進門後左手邊有條通道，往裡面走可以通往廚房。大小很足夠。空間可以讓莫琳小姐和卡琳小姐工作，也可以讓孤兒院的孩子們進來幫忙。

「這裡也有冷藏庫，不用煩惱存放食材的問題。」

我看了看倉庫，空間很大。這樣一來，不只是保存蛋和布丁，起司和麵包食材的存放應該也沒有問題了。這裡說不定比我想像中還要好。

「另外一邊的通道呢？」

「會通到房間，從那裡可以看見中庭。」

我過去確認，發現有幾間房間，每間房間都可以看見庭院。當成貴賓室或許不錯。

接下來我走到二樓確認。

走上階梯以後，有個雖然不及一樓，但也很寬敞的大廳，還有幾間房間。

這裡以前好像是貴族的宅邸，房間裡的床鋪和衣櫃等家具都放在原地。如果要住，應該馬上就可以入住。

一樓當作店面，二樓或許可以給莫琳小姐她們住。只不過，可能有很長一段時間沒有打掃，仔細一看會發現地毯和牆壁有髒汙。這些地方的清掃工作好像會委託業者來做。

我決定買下這棟小型宅邸，把今後的細節留待明天以後再討論，今天只完成購買的手續。

76 熊熊改裝店面

買下店面的隔天，為了報告自己歸來的消息並討論開店的事，我前往孤兒院和院長會面。

我看到幼年組正在孤兒院外面玩耍。我覺得其中好像有我沒見過的孩子在，是我的錯覺嗎？

院長好像待在孤兒院裡面。

我集合了靠過來的孩子們，把在王都買來的水果當作土產送給他們。這是吃起來酸酸甜甜的水果。我叫大家彼此分享。孩子們乖巧地回應我，然後走進孤兒院。為了見院長，我也跟著孩子們一起走。

「哎呀，小朋友，這些東西是哪裡來的？」

我聽到院長的聲音傳來。

「是熊姊姊給我們的。」

「優奈小姐？」

「院長，我回來了。」

「優奈小姐，妳回來了呀。工作辛苦妳了。」

對喔。我的確是因為護衛工作才會去王都的。我一直沉浸在去王都旅遊的氣氛裡。

「院長，孩子們過得怎麼樣？」

「託優奈小姐的福，他們都很有精神。每天都有好好吃飯，好好睡覺，好好工作呢。」

那真是太好了。

我將自己要開麵包店，希望請孤兒院的孩子們來幫忙的事情告訴院長。

「麵包店是嗎？」

「因為這樣，我想要請孩子們來幫忙。」

「有些孩子不擅長照顧鳥兒，也有孩子喜歡做菜。如果有小朋友主動想做，就請讓他們幫忙。」

喜歡做菜的人的確可以馬上成為可用的人力，做麵包也是一種體力活。做得不甘願也不會長久。要有興趣才能夠一直做下去。

「順便請問一下，大概會需要幾個人呢？」

考量到店裡的大小，我需要相應的人數。

「我想找負責烹調和接待的人各三名，總共六個人。不過當然要輪班，所以每個人都要學會所有的工作。」

「我明白了。總之，先把孩子們集合起來，問問看他們本人吧。」

院長指示附近的孩子去叫大家過來集合。於是幼年組的孩子們分頭去找其他的孩子。

孩子們大多待在雞舍，但應該也有人是在孤兒院裡。我等待著，孩子們便開始聚集到飯廳。

「院長有什麼事嗎？」

「大家都到齊之後再說。已經到的人先坐著等吧。」

孩子們都乖乖聽從院長所說的話。雖然也有幾個孩子注意到我而靠過來，卻被院長叫回了位子上。然後，孤兒院的孩子都到齊了。人數果然有增加吧？

「小朋友們，接下來說的事要專心聽。這可能會決定你們的將來。」

雖然我覺得院長說「會決定你們的將來」有點太誇張，但這在異世界也不是不可能發生的事。如果學會麵包師傅的技術，未來就能夠靠這份工作過活。這對孤兒院的孩子而言，會是看見全新未來的機會。

「優奈小姐打算要開一家麵包店。所以，她希望能找六個人來幫忙。這是需要體力的工作，也要接待客人。可能會有很多辛苦的地方，有人想做嗎？」

「只要做麵包而已嗎？」

「主要是麵包，也會做布丁喔。」

「我！我要做。」

「我也要。」

「我也想做。」

我一說出也會做布丁的瞬間，就有好幾個人舉手了。

「我要先告訴你們，布丁是商品喔。不可以自己拿來吃。」

「咦～」

「這是當然的吧。還有，因為要處理錢，所以會讀書寫字和算數的孩子優先。」

「咦～」

這一點實在是沒辦法。要作生意就有必要記住商品的名稱，不會計算金額也會造成麻煩。

「我會讀書寫字也會算數。我想做。」

「我也會。」

「雖然我的數學有點不好，但我也想做。」

「我也想做料理。」

陸陸續續有人舉手了。院長從中挑出適合的人選。

女生四個人，男生兩個人。我請年紀最大的十二歲孩子——米露擔任領隊來統率大家。

「那麼，等到店裡準備好了，就要請你們來幫忙嘍。」

在孤兒院談完事情後，我為了準備必要的東西而前往要當作店面的宅邸。

話說回來，這裡還真大。原本將店面想像成速食店的我站在宅邸前，實在是忍不住這麼想。

算了，既然都買下來了，再想也無濟於事。

這裡的地理條件沒得挑剔。距離孤兒院很近，面積寬廣，雖然位置離城市的中央大道有點遠，但也不是客人來不了的距離。

我用米蕾奴小姐給我的鑰匙打開門，走進裡面。首先為了設置製作麵包和披薩所需的石窯，我走向廚房。

我將廚房裡的多餘物品先收進熊熊箱，掃視變寬敞的廚房，決定好要放石窯的位置。

這附近應該可以吧？

我在廚房的邊緣設置三座石窯。冷藏庫上次已經確認過了，所以沒問題。其他還有什麼需要的東西嗎？

我試著想想看，卻想不到。我決定等莫琳小姐過來再和她討論其他需要的東西。

結束廚房的工作，我走到二樓看看。

雖然比一樓小，但這裡也有大廳。視情況活用這裡的空間或許也不錯。

經過大廳之後，左右兩邊有走廊通往房間。這些房間應該是客房或寢室。裡面附有床和家具。

這裡果然還是給莫琳小姐她們來用比較好。

確認完二樓，我接著來到庭院。

這裡有稍大的庭園。如果天氣好，當成露天咖啡座或許不錯。可是，因為沒有人修剪，所以草木都長得很長。這也要跟米蕾奴小姐商量一下才行。

買下宅邸後的幾天，我們一步一步地進行開店的準備。

多虧有米蕾奴小姐，店內和庭園都變乾淨了。

接著我和米蕾奴小姐與堤露米娜小姐一起討論關於裝潢的事。雖然我們談到桌椅的數量和空房間與庭園的活用方法，但我只是說出自己的期望，幾乎所有的事情都交給她們兩個人處理。

店面的準備正在進行的時候，莫琳小姐母女倆就從王都抵達城市，來到了孤兒院。

「優奈小姐，原來妳已經到了。」

我不能說自己是用熊熊傳送門回來的。

「是啊，我抄了近路。」

兩人可能是因為長途跋涉，看起來很疲勞。

總而言之，我決定明天再討論細節，請她們兩人先去休息。我向院長簡單介紹母女倆，然後馬上帶她們前往我打算讓她們居住的店面。

「對了，優奈小姐。請問旅館很遠嗎？」

走在我後面的女兒卡琳小姐問道。

「我們不是要去旅館，是去莫琳小姐和卡琳小姐工作的店面。」

「店面是嗎？」

「因為店裡有空房間，所以我想請妳們住在那裡。這樣的話要工作也比較輕鬆吧。」

於是我帶著兩人抵達店面。

莫琳小姐和卡琳小姐看到店面都傻住了。

「優奈小姐，這是宅邸嗎？」

兩人眼前矗立著名為店家的宅邸。

「本來是。以後就是妳們兩位工作的店面了。」

「店面？我們該不會要在這裡賣麵包吧？」

「目前只有裡面是改裝完畢的。」

現在還沒有招牌與店名。因為我希望可以集思廣益。

輕食店、咖啡廳、麵包店、披薩店、布丁店，什麼店？我一個人一直像這樣在心裡猶豫不決。

「我明天再跟妳們說明開店的事。妳們今天就慢慢休息吧。」

「在這樣的地方做麵包……」

我帶著兩人走進屋裡。

「好厲害。」

「媽媽，我們真的要在這裡賣麵包嗎？」

兩人望著變乾淨的大廳。

「一樓要當作店面，所以請妳們使用二樓的房間。」

我帶著兩人走上二樓。

「我們真的要住在這裡嗎？」

「工作地點很近，不錯吧。」

我帶她們到二樓深處的房間。這裡雖然沒有明顯的裝飾品，卻是個漂亮的房間。也許是因為以前供貴族居住，所以光是一個窗框也有很時髦的造型。

「總之，我會把在王都保管起來的東西拿出來，如果有特別想擺在哪裡就告訴我吧。」

她們在王都交給我保管的大型物品就放在我的熊熊箱裡。我把東西一一拿出來。

「妳們可以自由使用這裡所附的家具喔。」

「這種床不知道睡不睡得著？」

卡琳小姐觸摸著床。

「棉被是新的，很舒服喔。」

「真是什麼事都麻煩妳了。」

莫琳小姐對我低頭行禮。

「還有，浴室已經打掃過了。可以自由使用。」

「浴室……」

「光是想就覺得有點可怕呢。」

「如果還有其他需要的東西就告訴我吧。」

「應該沒有。這裡太厲害了。」

「我也沒有。」

也好，只要暫時住一陣子，就會漸漸知道缺少什麼了。

「那麼，我明天還會再來，妳們今天就慢慢休息吧。」

我留下兩人，走出店面。

隔天，我到孤兒院帶著要在店裡工作的六個孩子去店面。孩子們已經去過店裡幾次。他們第一次來的時候雖然驚訝，卻也很高興可以在這裡工作。

我們一到店裡就聞到美味的麵包香氣。走進廚房的我們看見莫琳小姐和卡琳小姐正在烘烤麵包的樣子。

嗯～早知道她們兩位正在做麵包，就不該先吃早餐了。

「早安。」

「優奈小姐，早安。」

卡琳小姐對我打招呼。

「睡得好嗎？」

「是的，因為好像很累，我一躺上床就馬上睡著了。」

「那太好了。」

莫琳小姐走了過來。

「優奈，早安。」

「妳們已經在烤麵包了嗎？」

「因為我想看看這些石窯的狀況。麵包的材料也有了，所以我們就趁晚上備好了料。」

看來在我回去以後，她們已經調查過廚房了。

「那石窯的情況怎麼樣，如果狀況不好的話要跟我說喔。」

「石窯很好喔。接下來要實際烤烤看，從經驗來判斷石窯的特性。」

「石窯的特性？」

「像是容易聚熱的位置，要花多少時間溫度才會上來之類的。每個石窯都不太一樣，麵包烤起來的狀況也會跟著變化喔。」

……好專業的師傅。我烤披薩的時候根本什麼都沒注意，所有步驟都很隨興。正因為莫琳小姐這麼講究，才能做出那麼美味的麵包吧。

「對了，這些小朋友是？」

「我昨天有簡單說明過，他們是要在店裡幫忙的孩子。」

孩子們很有精神地向莫琳小姐打招呼。

「可以請妳教這些孩子做麵包嗎？如果妳不能透露丈夫的重要食譜的話，我也不勉強。」

那樣的話，我會請孩子們做布丁和披薩。

「沒問題的。如果能讓我老公獨創的麵包發揚光大，我也很高興。」

「那麼，小朋友們。你們在這裡學做麵包，再把做好的成品帶回孤兒院吧。」

孩子們精神飽滿地回應。

77 熊熊想店名

開店的準備已經逐漸完成了，但還剩下一個問題。

那就是店名還沒有決定好。我和莫琳小姐商量這件事，她卻說「這是妳的店，就由妳來決定吧」。

可是，我簡直沒有任何一丁點命名的創意。甚至連玩遊戲都使用自己的本名。熊熊召喚獸也是，只因為牠們是熊，我就取名為「熊緩」、「熊急」。雖然熊緩牠們很高興。我對自己的命名品味實在沒有自信。雖然我這幾天都在想，卻沒有什麼好點子。所以，我決定向大家募集店名。

集合起來的成員有身為店長的莫琳小姐和她的女兒卡琳小姐、在店裡幫忙的孤兒院孩子、在店面的改裝上也關照過我的商業公會職員米蕾奴小姐、在冒險者公會關照我的海倫小姐、母女都很照顧我的堤露米娜小姐和她的女兒菲娜與修莉、從王都回來的諾雅等十四個人。

於是我馬上問了大家的意見。

「熊熊麵包屋。」

「熊熊餐館。」

「熊熊披薩店。」

「熊熊與布丁。」

「熊熊餐飲店。」

「和熊熊在一起。」

「熊熊……」

「熊……」

眾人不斷列出關於熊的名字。

「呃，為什麼全都跟熊有關？」

雖然我大概知道原因，但還是試著發問。搞不好會得到與想像中不同的答案。

「因為……」

「這個嘛……」

「對呀……」

大家的視線都集中到我身上。

好的，我了解了。這個答案就在意料之中。因為是我的店就用熊來取名字。我總覺得這個樣子和我取的「熊緩」、「熊急」沒什麼兩樣。

我不打算否定，所以是無所謂啦。實際上在我本來的世界也有店家用熊來命名。可是，大家都這麼說讓我覺得很悲傷。

「那麼，『冒險者優奈的店』呢？」

「駁回！」

我捨棄海倫小姐的點子。到底是多悲哀才會用自己的名字來當店名啊。那樣的話，我覺得叫做「莫琳麵包店」也可以。我這麼對莫琳小姐說，她就說「可是這是優奈的店呀」，委婉地駁回了這個點子。

「我還是覺得熊熊比較好。」

「對呀。因為是優奈的店嘛。」

大家都同意諾雅的話，決定用包含「熊」的店名，開始重新提出意見。好像已經確定要使用「熊」了。大家說不定都跟我一樣沒什麼取名字的創意。

可是，名字就是一直定不下來。

「那麼，要不要先決定店員的制服，我想了一套制服。」

店名還懸而未決，米蕾奴小姐就提起了這件事。

「制服嗎？」

「就是接待客人時的服裝。」

我想起我在王都唯一一次走進一家很大的店時，店員們都穿著類似圍裙的服裝。那樣的確很可愛。

可是既然是異世界，穿著女僕裝或管家服或許也不錯。我試著想像孩子們穿著這類服裝的模樣。我覺得還滿適合他們的。

「制服還不錯呢。」

「對吧。總之，我試著做了一套。」

米蕾奴小姐從道具袋中取出一套折好的制服（？），然後攤開。

「熊？」

「因為是優奈的店，所以當然是熊嘍。」

說出這番離譜言詞的米蕾奴小姐攤開的是熊熊造型的服裝。

「我＝熊」的公式並不存在，真希望她不要做這種制服。

接下來，米蕾奴小姐環顧了一圈，讓視線停留在孤兒院的女孩子身上。

「妳叫做米露吧，妳願意穿穿看嗎？」

她拜託米露試穿制服。就算是米露，也不可能願意穿上這種令人害臊的衣服。她一定會拒絕的。

「可以嗎！」

可是，米露很高興地說道。我從她的臉上看不出反感的表情。更令人驚訝的是，竟然還有孩子一臉羨慕地望著她。

「好好喔。」

「太賊了。」

「我也想穿。」

太奇怪了。他們的感覺和我不一樣。接過熊熊制服的米露露出開心的表情，其他的孩子則露出羨慕的表情。奇怪的人是我嗎？

「呃，妳不覺得丟臉嗎？」

「才不會丟臉呢。因為和優奈姊姊一樣嘛，我覺得很開心。」

其他的孩子們也點點頭。該不會是因為我幫助孤兒院，讓他們產生奇怪的印象了吧。類似英雄之類的某種印象。

米露為了換上熊熊制服，突然當場脫起衣服來。

「等一下，米露！不可以突然在這種地方脫衣服！」

我阻止米露。被阻止的當事人對我的行為感到很困惑。

「女孩子不可以在別人面前脫衣服。」

「對呀。女孩子不能隨便脫衣服喔。」

米蕾奴小姐站起來，帶著米露到後面的房間裡。米露也已經十二歲了。希望她可以稍微有一點羞恥心。

雖然年紀比較小，但畢竟還有男生在，孩子以後還會長大，我得準備更衣室才行。

過了一會兒，穿著熊熊制服的米露就回來了。

制服和我的熊熊布偶裝很像，也有熊熊連衣帽。屁股上有小小的尾巴，是很可愛的熊熊裝

扮。

與其說是制服，感覺好像比較類似熊熊的連帽外套。可是，他們要穿成這樣工作嗎？

「看起來怎麼樣呢？」

穿著熊熊制服的米露很高興地在原地慢慢轉圈。

真是的，她為什麼會這麼開心？

「很適合妳呢。」

「好好喔。」

「好可愛。」

現場出現好評的聲音。是很不錯。是很可愛。可是，是熊耶。是熊的制服耶。雖然我想阻止，卻說不出阻止的話。因為很可愛，我想不出足以否定的話。

不過，我覺得好像還缺了什麼。我從上到下打量著米露。

嗯？對喔，因為沒有鞋子，我才會覺得奇怪。

發現我正在看著米露的腳，米蕾奴小姐就像是想起什麼似的把手伸進道具袋。

「米露，妳穿穿看這個。」

她從道具袋裡拿出的是模仿我的鞋子製成的鞋子。顏色和衣服一樣是黑色，並不是一黑一白。米露脫掉腳上的鞋子，穿上從米蕾奴小姐那裡拿到的鞋子。這的確是熊造型的鞋子。

「哎呀，連鞋子也有呢。」

包括堤露米娜小姐在內的所有人都看著米露的腳。

「是呀，我請專家做了類似熊掌的鞋子。」

米露的小巧腳掌包覆在模仿我的熊熊鞋子製成的鞋子裡。

米蕾奴小姐這個人與其說是準備周到，不如說是行動力超強。

「其實我也設計了手套，不過想到做料理和端菜的時候會礙事，才只做了鞋子。」

手套的確不方便做事。

「穿起來感覺怎麼樣？」

「非常舒服。」

米露穿著熊熊鞋子，很高興地在店內走動。

「真的要穿成這樣工作嗎？」

為了確認，我姑且問問看。

「是呀，如果優奈允許的話。」

「優奈姊姊，我想穿。」

米露就像討東西一樣央求我。反正也不是我要穿，我是無所謂啦（我已經穿著了）。

「大家覺得沒關係的話就好。」

算了，既然孩子們高興，我也沒什麼問題。如果強迫他們穿，那才大有問題。

「我沒關係。」

「我也是。」

「我也是。」

呃，男生們也想穿嗎？等到以後變成大人，這會變成羞恥的回憶喔。會變成無法消除的黑歷史喔。

「那麼，制服就決定是熊了。」

米蕾奴小姐很高興自己的點子受到採用。

「請等一下。我也要穿這個嗎？」

一直保持沉默的卡琳小姐指著身穿熊熊制服的米露。

說得也是。要工作的人不是只有小孩子。卡琳小姐也要工作。既然要工作，就表示卡琳小姐也要穿這套制服。

「雖然小孩子穿起來很可愛，但是我……」

我記得卡琳小姐今年十七歲。以日本來說就是高中二年級生。這個年齡穿起來的確會有點不好意思。

「我覺得卡琳小姐應該也很適合。」

「米蕾奴小姐是因為不是自己要穿才這麼說吧。」

「我已經超過二十歲了嘛。我記得卡琳小姐是十七歲吧。一定很適合的。」

「我沒辦法穿這麼令人害羞的服裝來接待客人。」

卡琳小姐，妳剛才說令人害羞的服裝耶。就算心裡想，怎麼可以在穿成這個樣子的本人面前說呢？妳的眼前就有一個二十四小時都穿著熊熊服裝的人喔。不要說是接待客人了，她還穿著熊熊服裝打倒壞人、打倒魔物、前往王都、會見國王呢。

「我會在廚房和媽媽一起做麵包，可以不要穿嗎？」

「不能只有小孩子接待客人啦。而且，大廳的負責人是卡琳小姐呢。」

這件事我們已經討論過。廚房的負責人是莫琳小姐，店內則由卡琳小姐對孩子們下指示。

「可是……」

卡琳小姐的臉上浮現困擾的表情。

「呵呵，開玩笑的啦。」

「米蕾奴小姐？」

卡琳小姐對突然笑出來的米蕾奴小姐感到很困惑。

「這是小朋友專用的服裝。如果卡琳小姐想穿的話，我會準備的。」

「不用準備沒關係。」

她明明不需要這麼排斥的。

「可是，或許還是請妳戴上熊熊帽子會比較好。」

總而言之，卡琳小姐因為不用穿制服而露出安心的表情。米蕾奴小姐很高興地看著身穿熊熊制服的米露。

「謝謝米露幫忙試穿。」

不過，當我問到制服的費用需要多少，米蕾奴小姐卻說她要自掏腰包。

「因為這是我自己提出來的嘛。」

那樣很不好意思，而且應該也需要備用的制服，所以這部分由我來支付。

「所以，店名要怎麼辦？」

大家因為菲娜這句話才想起這個問題，於是重新開始一起思考店名。

然後，在漫長的討論以後，店名終於決定了。

「熊熊的休憩小店」。

為了讓客人可以在店裡悠閒地用餐，我們取了這個名字。

78 熊熊開店

店名也決定了，招牌由米蕾奴小姐負責請商業公會準備。

後來，有人說既然店名叫做「熊熊的休憩小店」，店裡也要更有熊熊的感覺才行。據大家所說，像熊熊屋一樣，一眼就可以看出這裡是「熊熊的休憩小店」比較好。

「所以，要由我來做嗎？」

「請專家來做的話比較花時間。優奈可以做嗎？」

也對，我都可以做熊熊屋了。

「可是，這裡已經有建築物了，沒辦法做得和我家一樣喔。」

「這部分就交給妳決定吧。因為我不知道靠妳的魔法可以做到什麼程度。」

因為這樣，我要把店面變得更有熊熊的感覺。

可是，有熊熊的感覺到底是什麼感覺？因為已經有既存的外觀，我沒辦法把它變得像熊熊屋一樣。這份差事搞不好比我想的更麻煩。

討論結束以後，大家都回到各自的工作崗位或家中。

米蕾奴小姐和堤露米娜小姐為了討論招牌和制服的事，出發去商業公會了。莫琳小姐和卡琳

小姐為了整理東西而移動到廚房。米露等孤兒院的孩子們要把今天練習做的麵包帶回孤兒院。海倫小姐也已經離開，諾雅則是被女僕菈菈小姐接回去了。現場只剩下菲娜和修莉兩個人。

「等到店開了，以後就可以隨時吃到布丁了。」

「因為要看蛋的數量，所以做不了太多就是了。」

因為必須定期供蛋給商業公會，所以這部分的問題會由堤露米娜小姐和米蕾奴小姐討論過後再決定。以菲娜來說，因為她知道做法，可以自己做，所以不需要特地跑到店裡來吃。

「對了，我問妳們兩個，妳們覺得有熊熊感覺的店是什麼樣的店？」

「熊熊！」

「放一些熊熊擺飾怎麼樣呢？」

熊熊擺飾啊。我都可以做出熊熊屋了，這點東西應該也可以用魔法來做吧。

首先，我決定在店門口擺放兩座熊熊擺飾。我將魔力集中在熊熊玩偶手套上，在心裡想像。

我原本的世界有一種叫做黏土人的2.5頭身的可愛模型。

材料是黏土。我希望有點顏色。我用魔法蒐集各種不同色彩的土。雖然不可能做成漂亮的彩色，但比起單色，這樣子色調比較豐富。

接著，我依照二頭身黏土人的風格把土做成造型圓潤的大型熊熊擺飾。

「好……好可愛。」

「熊熊！」

兩人很高興地跑到黏土人風格的熊熊擺飾旁邊。

「這種感覺可以嗎？」

「是。我覺得很可愛，很好。」

得到兩人的好評，我在二樓和戶外顯眼的地方一一擺上黏土人風格的熊熊。雖然做了熊熊擺飾是很好，但是重新從正面看看這棟建築物，根本看不出是賣什麼東西的店。絕對沒有人會想到這裡是賣麵包的店。我回到正門，讓大型的熊熊拿著麵包。這樣看起來應該就稍微像麵包店一點了吧？

因為店面外已經弄完了，我們接著來到庭園。經過討論，大家決定把這裡弄成露天咖啡座。因為大家都同意在戶外吃的食物比較美味。於是，我也在庭園裡做了熊熊擺飾。因為同樣的形狀很沒有意思，所以我作了各種變化。

靠著樹木的熊、揮拳的熊、大熊與小熊、睡著的熊。如果是裝置藝術，大概就像這樣吧。

修莉跑過去抱住睡著的熊。

「修莉，衣服會弄髒的。」

菲娜帶著修莉走回來。

「熊熊……」

雖然修莉依依不捨，我還是結束了露天咖啡座的裝飾，帶著兩人走進店裡。

「店裡也要做嗎？」

「嗯～既然都做到這個地步了，我覺得做一下比較好。要做在哪裡呢？」

店內有桌子，也不能做在通道上。

「也可以不要勉強做大隻的，做一些小熊。」

的確沒錯。

我環顧店內，看看桌子。這裡應該可以吧？

我靠過去，在桌子正中央擺上二頭身的黏土人風小熊。

「是小隻的熊熊耶。」

修莉坐到椅子上，摸著桌上的熊。

「修莉，不可以拿走喔。」

「可是很可愛嘛。」

我看到修莉的舉動，想到可能有客人會把擺飾拿回家。我加上魔法，把擺飾固定在桌子上。

我告訴修莉「這個拔不下來喔」，她就拚命用力去拔，擺飾卻沒有脫落的跡象。這樣應該就不會被拿走了吧？

我同樣在其他的桌子上一一裝好擺出各種姿勢的熊。

站立的熊、戰鬥的熊、睡著的熊、跑步的熊、疊在一起的熊、跳舞的熊、拿著劍的熊、叼著

魚的熊、吃蜂蜜的熊、扭打的熊，我在桌子上逐一裝飾各種造型的熊熊擺飾。

裝飾完桌子以後，我在牆壁與梁柱也放上攀爬的熊、垂吊著的熊、磨爪的熊。店裡到處都裝飾著二頭身的熊熊模型。

這樣應該就可以了吧。

我正感到滿意的時候，卡琳小姐就從二樓走了下來。

「優奈小姐，妳在做什麼呢？」

「我正在把店裡弄成有熊的感覺。」

卡琳小姐看著店裡裝飾的二頭身熊熊模型。

「真可愛呢。如果是這種熊，就算在森林裡遇到也不可怕了。」

卡琳小姐用手指戳了戳桌上的熊。

「不知道會不會有客人來。」

她很擔心地小聲說道。

陌生的土地、新的店面、新的食物。她會不安也是難免的。

「我想應該會來。我有拜託人到處宣傳。而且還有莫琳小姐的麵包和披薩、布丁、洋芋片和薯條嘛。」

「洋芋片和薯條真的很好吃。」

因為推出試吃的時候評價很好，所以我們決定也在店裡販售。

「而且，麵包和起司也很搭。吃起來味道很棒。」

「起司的庫存有點讓人不放心。銷量好的話，搞不好會不夠。」

因為起司會使用在麵包和披薩上，所以用量很大。馬鈴薯的庫存也同樣令我擔心。

「起司是從哪裡進貨的呢？」

「我是跟去王都擺攤的老爺爺買的。」

「去王都擺攤？那……」

「沒問題。我跟他問過村莊的地點了，不夠的話我會去買的。」

「那馬鈴薯呢？」

「下個月過後應該會送到孤兒院，如果來不及就只能由我去買了。」

因為要過去很麻煩，所以如果能在用完以前送到就好了。不過我聽菲娜說城裡偶爾會賣。這部分我已經交給堤露米娜小姐處理了。

「希望會有那麼多客人過來。」

「對啊。」

開幕日期就定在十天後。招牌和制服好像會在那之前完成。我們也有做傳單，預定會張貼在商業公會和冒險者公會。

接下來就看孩子們的努力了。

我做的熊熊模型受到大家的熱烈好評。

米蕾奴小姐拜託我也在招牌旁邊做裝飾，我拒絕不了，就做了抱住招牌邊緣的熊熊模型。

我姑且算是這家店的老闆，但米蕾奴小姐搶先幫我解決了麻煩的手續和交涉。因為米蕾奴小姐也會用便宜的價格幫忙取得店裡需要的餐具和雜貨、食材等東西，所以我很難拒絕她的請求。

可是，她願意這麼幫我是很好，但本來的工作沒關係嗎？

我這麼一問，她就說「這也是商業公會的工作，所以沒問題的」。

制服也完成了，孩子們都很高興。菲娜和修莉有時候會來幫忙，所以也有準備她們的備用制服。

孩子們都有背誦料理名稱和價錢，也會練習計算。他們還有學習做料理，以及練習接待客人時的招呼方式。孩子們都沒有喊苦，非常努力地學習。

然後，終於到了開幕當天。所有人都很緊張。孩子們都很坐立不安，頻頻往外望。好像就只有莫琳小姐和我很冷靜。到了開門時間，我們開始營業，卻一個人也沒有來。

「都沒有人來呢。」

卡琳小姐看著入口。完全沒有人要進來的跡象。

「這個嘛，因為才剛開門啊。」

很有幹勁的孩子們也露出失望的神情。

嗯~是不是宣傳得不夠呢？

商業公會的米蕾奴小姐和冒險者公會的海倫小姐好歹也有在公會裡幫忙貼傳單作宣傳。還有其他認識的人讓我們貼傳單。

我們在開門以後等了一陣子，終於有第一位客人上門了。

「嗨，我來了。」

來光顧的人是冒險者公會的會長。

「歡迎光臨。」

本來是由孩子們來接待客人，不過因為對象是公會會長，所以我決定自行接待。

「話說回來，這還真是一家奇怪的店。」

他環顧著店內說道。店裡到處都裝飾著熊熊模型，接待客人的孩子們也穿著熊熊制服。

「果然會不好意思走進來嗎？」

「妳說外面的熊啊，誰知道呢？的確有些人會不好意思進來，不過有些人搞不好反而會因為好奇而進來吧。」

這裡的確很顯眼。我姑且有讓熊的擺飾拿著麵包，創造麵包店的形象。

「那你要點些什麼？」

我和他一起走到櫃台，這麼問道。

「妳有推薦菜色嗎？」

「披薩、漢堡和麵包是主食，馬鈴薯類是零食，布丁是甜點。看你想吃什麼。」

點餐的方式是在深處的櫃台點菜後付帳，換取想要的餐點。披薩因為要烤，所以要稍等一段時間。

「這樣啊，那麼既然海倫說披薩很好吃，我就點披薩吧。」

「要不要加點飲料，披薩比較油膩，我推薦你點清爽的飲料。」

「那麼，飲料就給我歐蓮果汁吧。」

我請公會會長在櫃台點餐，然後付帳。

過了幾分鐘後，莫琳小姐烤好披薩，讓孩子們馬上端過來。

「這就是披薩嗎？」

公會會長很好奇地望著第一次見到的披薩。他接著收下披薩和歐蓮果汁，走向餐桌。

「那我就開動了。」

公會會長吃了一口披薩。然後他吃下第二口、第三口。

「真好吃。」

公會會長的手沒有停下來，轉眼間吃完所有的披薩，最後再喝乾歐蓮果汁。

「好像合你的胃口，太好了。」

「其他的食物也好吃嗎？」

「我也只能請你親自試試看了。畢竟每個人對味道的喜好都不一樣嘛。」

「是嗎，要加點的時候該怎麼做才好？」

「和剛才一樣去櫃台購買就可以了。」

「這樣啊。」

公會會長站起身，走到櫃台點了漢堡。公會會長津津有味地吃完漢堡，一臉滿足地離開。

隨著時間經過，逐漸有人來到店裡。

說不定只是開門時間不好而已。愈接近午餐時間，客人也就愈多。

或許是因為公會會長和海倫小姐的關係，也有冒險者來光顧。雖然一開始也有人嘲笑熊熊擺飾，但是我一瞪他們，他們就閉上嘴默默地點餐了。冒險者們點了麵包和披薩。這時候我推薦洋芋片和薯條，他們便乖乖地點菜。然後，吃完料理的冒險者們滿足地回去了。

後來，因為米蕾奴小姐和傳單的效果，一般的客人也上門了。嗯，以第一天來說，情況還不錯。

……我也曾經這麼想過。可是，自從午餐時間過後，客人不要說是減少了，甚至愈來愈多。

看來好像是吃過午餐的客人幫忙宣傳了。

熊熊擺飾創造了話題，麵包的美味創造了客源，而布丁又讓客人愈來愈多。因為不知道可以賣多少，蛋也還有庫存，所以我準備了三百個，這些布丁也逐漸減少。就算蛋價下降了，布丁的價格還是稍微偏高。不過女性顧客還是一個接一個地買。雖然我規定一人限購一個，但也有人吃

完後再加點。就算點餐的時候可以提醒，但在吃完後再加點的情況下就沒辦法一一確認了。

而且，現在又到了做完工作的冒險者會來的時間。公會會長和海倫小姐廣告過頭了啦！我雖然高興地尖叫，卻又很想哭。

布丁的庫存消耗完畢，愈來愈多人失望地離開。預先做好的麵包很快地賣完，莫琳小姐開始烘烤新的麵包。孩子們也有幫忙，但點餐的人實在太多了。菲娜也在中途加入幫手的行列。

我在店內接待客人，防止糾紛發生。如果有冒險者鬧事，卡琳小姐和孩子們是沒辦法處理的。

我本來以為午餐時間結束後就可以讓員工吃午餐了，卻沒有時間吃。

因為沒有材料，沒辦法在晚餐時供餐，所以我們決定在晚餐時間前打烊。

79 熊熊向冒險者公會提出委託

「累死了～」

「是，真的很累呢。」

所有人都坐在椅子上休息。總是很有精神的孩子們好像也累了。

「連我也沒想到會有這麼多客人來呢。」

莫琳小姐苦笑著喝茶。

「為什麼客人會這麼多，克里莫尼亞沒有麵包店嗎？」

卡琳小姐趴在桌上這麼問道。

「有啊。這就表示莫琳小姐的麵包有多麼好吃嘛。」

我誇讚莫琳小姐的麵包，卡琳小姐就露出了開心的表情。

「優奈的披薩和布丁也賣得很好呢。我都不記得自己烤過幾塊披薩了。」

不只是莫琳小姐的麵包，披薩和布丁、薯條的銷量都很好。

「可是照這樣看來，明天可能會有點不妙。」

我同意莫琳小姐的話。客人的問題也是，再這樣下去材料會不夠的。

79 熊熊向冒險者公會提出委託

「莫琳小姐，廚房的情況怎麼樣？」

「我會在前一天備好麵包的料，清晨的時候再烤。如果要增量，還需要多幾座石窯。有的話就能同時烘烤了。」

如果只是增加石窯的話還算簡單。

「再來就只要在客人點披薩的時候烤，還有多烤銷量好的麵包就可以了。因為有孩子們幫忙，所以沒什麼大問題。只不過，如果客人還是這麼多，明天的備料就會很辛苦。如果不準備相當多的量，就會像今天一樣了。沒有時間休息也不太好。」

的確沒錯。前一天做好麵包的備料，清晨開始烤麵包，烤好就開門。這樣就沒有時間休息了。沒有休息會讓效率變差，也會造成失誤。

「延後開門的時間怎麼樣？反正客人是在接近午餐的時段開始增加，在這之前作好準備，大家也在開門之前先吃午餐，我想應該就不會變得像今天一樣了。」

今天雖然能讓孩子們吃飯，莫琳小姐和卡琳小姐與我卻沒有吃飯。

「那就太好了。我也想讓孩子們休息。」

莫琳小姐看看孩子們。孩子們都坐在椅子上打瞌睡。因為是第一天，他們應該很緊張，也很疲勞吧。

「另外關於打烊的時間，先決定好一天份的材料，用完就關門吧。」

莫琳小姐在麵包賣完時就會再追加。這樣的話永遠沒完沒了。

「可以嗎？」

「反正我也不是為了賺錢才開店的。只要莫琳小姐妳們可以繼續開麵包店，孩子們也有工作做的話就沒問題了。虧損當然會讓我很困擾。但從現在的營業額看來，已經很足夠了吧？」

我對過來看營業狀況，後來也一起幫忙的提露米娜小姐問道。

「是呀，已經有十足的獲利了。可是，考量到購買店面的花費，我覺得趁可以賺的時候盡量多賺一些比較好。」

「不用在意那些沒關係的。」

「什麼不用在意，那樣的話妳會很傷腦筋吧。」

我並不覺得困擾。我還有在原來的世界所賺的錢，也有靠狩獵魔物得到的錢。所以，只要不是赤字，就沒有任何問題。

「而且材料是有限的，沒有的話就沒得做了。照這個速度用下去，蛋和起司、馬鈴薯馬上就會用完了。所以，決定好一天要用的份量，省著用比較好。」

決定一天的用量，好處是可以讓進貨變得比較輕鬆。

「的確，除了麵粉以外，有很多東西是不容易取得的食材呢。蛋也一樣，我們不能再繼續減少要進貨給商業公會的量了。」

為了開店，我們已經請商業公會減少進貨的蛋量。所以布丁的數量也沒辦法再增加了。直到下次取得以前，馬鈴薯和起司也要省著用才行。

就算要增加供應的份量，也要等到能夠確實取得食材以後再說。我根本沒有想到來客數會這麼多。

「另外，每工作六天就要休假一天。」

「休假？」

這個世界的人除非有什麼重要的事，否則不會休假。不管是餐廳還是旅館，我從來沒看過店家沒開門的樣子。相對地，人們會在上班時空出自由時間做各式各樣的事。可是，我們這家店沒有自由時間。營業時要接待客人，打烊後還要善後和備料，有很多事情要做。

「休假就是不營業的日子。要去逛街也好，睡覺也好。為了有精神工作，就需要假日。」

最重要的是孩子們需要休息。

「休假沒關係嗎，營業額會下降喔？」

「老實說我希望可以輪班休息，不過沒有人手嘛。」

這個世界的小孩子雖然也會工作，但不管是哪個世界，孩子就是孩子。他們可不是奴隸，不能休息就太可憐了。比起客人，我會優先考量孩子們的事情。

「接下來是大廳的問題，有遇到什麼麻煩嗎？」

雖然我當時也待在店內，但還是向負責大廳的卡琳小姐發問。

「有客人想要把熊熊帶回家。」

我的確有看到某些客人想從桌上把模型拿起來。不過，因為我有把模型牢牢固定在桌上，所以沒辦法帶回去。

「另外，還有客人說想要買下來。」

「那不是拿來賣的，張貼非賣品的告示好了。還有什麼問題嗎？」

我詢問外場小組。

「有人在櫃台排隊的時候因為等太久而不耐煩。」

「明天再增設一個櫃台吧。而且只買布丁的客人也滿多的，把放布丁的冰箱搬到櫃台旁邊，縮短時間會不會比較好？」

我們把今天一天遇到的問題都提出來討論。作生意真是不容易呢。如果我在原本的世界有賣東西的經驗，說不定就不會做得這麼拖泥帶水了。十五歲的家裡蹲只有從漫畫或電視看來的知識而已。而且我以前根本沒有認真看，所以簡直是漏洞百出。

可是多虧有大家在，我們順利結束了第一天的營業。

堤露米娜小姐起身，為了更改營業時間和標記休假日而前往商業公會等貼有傳單的地點。

只不過，時間上可能太晚了。大部分的人都會在不知情的情況下過來。如果他們能在今天這樣的時段過來就好了，但也有可能一大早就過來。另外還有發生其他糾紛的可能性。雖然我今天有睜大眼睛監視，但也會有沒注意到的時候。我的店裡只有女性和小孩。萬一發生什麼事，只有我一個人或許無法應付。

為了防止麻煩發生，我前往冒險者公會。

「優奈小姐，您怎麼會在這個時間過來？」

海倫小姐從公會走了出來。

「海倫小姐正要回去嗎？」

「是的，因為到了換班時間，我正要回去。優奈小姐有什麼事嗎？」

「我是來提出委託的。」

「委託是嗎？」

「有點事啦。我想在事前預防麻煩發生。」

我對她簡單說明今天的事情。像是客人比想像中更多的事、營業時間要隨之變更的事，還有我為了保護孩子們，想要僱用冒險者當警衛的事。

「真是不好意思。我好像廣告過頭了。」

「這不是海倫小姐的錯。只是我想得太天真了。」

「那麼，您要提出委託是嗎？」

「因為我的店裡有小孩子在工作嘛。所以，我想請冒險者幫忙把關。」

「說得也是。優奈小姐的店有孤兒院的孩子們在工作，或許有那個必要。」

「總之，我想請人做大約七天的警衛工作。有沒有冒險者願意接下這種工作呢？」

「我想應該要看委託金有多少。因為冒險者要有錢才請得動。」

「錢啊。我不懂行情，大概要付多少才夠？」

就算有點貴，能買到安全也很划算。要是捨不得花錢，讓孩子們受傷，我就沒有臉去見院長了。為了不讓那種事發生，我想要僱用實力堅強的護衛。

「嗯～這就要看招募的階級了。委託內容是看守店面。如果對象是一般市民的話，低階的冒險者也可以。如果有高階冒險者鬧事的話，低階冒險者就沒辦法處理了。」

雖然我覺得應該沒有那種無法無天的人，但考量到我在冒險者公會遇到戴波拉尼的那件事，我也無法斷言絕對沒有。

「優奈和海倫小姐，妳們怎麼了？」

和我一起狩獵過哥布林的露麗娜小姐出現了。我在那次狩獵以後也在冒險者公會見過她幾次。露麗娜小姐身後站著戴波拉尼的隊伍成員。被我揍過的戴波拉尼、嘴巴很壞的蘭滋，另一個沉默的人是叫做基爾嗎？所有人都到齊了。

話說回來，為什麼露麗娜小姐要和這種成員一起行動呢？

她該不會特別喜歡古怪的人吧？

「優奈，妳是不是在想什麼失禮的事？」

她該不會有讀心的技能吧？

「我只是很疑惑為什麼露麗娜小姐這樣的美女會加入這種隊伍而已。」

「我不是正式的隊伍成員，是臨時成員。這個隊伍一看就知道是頭腦簡單型的吧。」

嗯，他們三個人的確是連腦袋都由肌肉組成的類型。

「後來我曾和他們組隊一次，就一直拖到現在了。」

「妳乾脆正式和我們組成隊伍吧。」

「才不要呢。要正式組隊的話，我想要像優奈一樣可愛的孩子。」

露麗娜小姐說著，抱住了我。自從我以前公主抱過露麗娜小姐之後，她就變得經常觸摸熊熊服裝了。

「對了，優奈有什麼事嗎？」

「我想要提出看守店面的委託。」

「店面，是那個傳聞中的店嗎？」

她稍微思考了一下，好像有什麼頭緒。我很在意那些傳聞究竟是好是壞。

「我不知道傳聞是怎麼說的，不過大概就是那間店。我想要請人當店裡的警衛，所以正在跟海倫小姐討論。」

我再說了一次對海倫小姐說明過的內容。

「所以，如果有人騷擾客人，我希望僱來的冒險者可以威嚇對方，應該說是溫和地趕走對方。」

「原來如此。那我們來幫妳吧。」

「可以嗎，我是很高興啦。」

「可以喔。」

「別擅自決定，露麗娜。」

有人從旁阻止了正要接下工作的露麗娜小姐。

「戴波拉尼？」

「我可不幹。」

「既然戴波拉尼先生這麼說，我也不幹。」

「……」

戴波拉尼一表示反對，蘭滋也反對了。基爾就和往常一樣沒有開口。

「是嗎？那臨時隊伍就解散吧。」

「慢著，這就……」

「這是當然的吧。如果你們只在需要我的時候利用我，在我需要你們的時候卻不願意幫忙，這種隊伍就沒有加入的必要了。」

露麗娜小姐這麼說完後看著我。

「優奈，只有我一個人可以嗎？」

「我也做。」

「基爾？」

「我聽說食物很好吃。如果可以請我吃，我也幫忙。」

「基爾，你要背叛我們嗎？」

戴波拉尼抓住基爾的肩膀。

「我們以前受過她的照顧。而且我同意露麗娜說的話。」

「謝謝你，基爾。」

露麗娜小姐道謝。基爾雖然很沉默，但說不定和戴波拉尼不一樣。兩人默默地瞪著彼此。接著，最後是戴波拉尼別開了目光。

「隨便你們！我們走，蘭滋。」

「是，戴波拉尼先生。」

兩人留下露麗娜小姐與基爾離去。

「沒關係嗎？」

「沒關係啦。優奈的事情發生的時候，我本來想和他們分道揚鑣，卻被他們慰留，一直到今天。也差不多是時候了。」

「妳要辭掉冒險者工作的時候記得告訴我喔。我正在強力募集優秀的人才。」

「到時候就拜託妳嘍。」

我就先把這當作是場面話吧。可是，如果她真的要辭掉冒險者的工作，我有很多事情想請她幫忙。如果是露麗娜小姐，不管是在個性還是能力上都沒有任何問題。

「那關於警衛的工作，我想要委託你們七天左右，可以嗎？」

「嗯，沒問題。另外，我的委託金也只要用餐點來抵就行了。」

「餐點和委託金我都會提供的。」

「不好意思，請妳們兩位確實透過公會來承接委託喔。」

默默聆聽的海倫小姐插嘴說道。海倫小姐說得一點也沒錯。我向冒險者公會提出委託，再由露麗娜小姐他們來承接。委託報酬是「熊熊的休憩小店」的餐點和一點銀幣。

順利請到警衛的我回到熊熊屋。雖然是做後場，這對家裡蹲來說還是很累人的一天。我在熊熊浴室洗去疲勞。有泡澡的文化果然是最棒的。我走出熊熊浴室，換上白熊服裝，鑽進被窩。

80 熊熊開店的第二天

隔天，我來到店面時，露麗娜小姐和基爾就已經到場了。

「早安。」

「早安，優奈。」

「……」

露麗娜小姐回應，基爾保持沉默。

「這家店就和傳聞說的一樣呢。」

「那些傳聞到底說了什麼，妳昨天也有提到呢。」

「沒說什麼奇怪的事啦。外面有傳言說『熊冒險者開了一家店』，還說店面像一棟宅邸，有奇怪的熊造型擺飾，裡面有很香的味道飄出來，在店裡工作的小孩子看起來和優奈一模一樣。傳聞大概就是這些。」

的確不是什麼奇怪的事。全部都是事實。可是，為什麼呢？我總有種無法接受的感覺。

「那我們要做什麼事呢？」

「我昨天也說過了。總而言之，如果有人過來，請告訴他們店要到午餐時段才會開門。然後等到開始營業，請幫忙看著現場，防止發生意外。我想應該不會有人要傷害孩子們，不過希望你們可以保護他們。」

「了解。不過，既然基爾也在，大概沒人敢抱怨吧。就算真的有那種人，只要基爾瞪一眼，應該就會乖乖聽話了吧。」

露麗娜小姐拍打基爾那肌肉結實的背部。雖然看起來打得很用力，基爾卻文風不動。

「人家畢竟是客人，請不要使用暴力喔。」

「那是當然的。我們才不會對一般人做那種事呢。頂多是嚇唬他們而已。」

「覺得勉強的話請叫我一聲。我會去處理的。」

我把外面的事情交給他們兩人，走進店內。店內飄揚著烤麵包的美味香氣。我走到廚房，看見莫琳小姐和孩子們忙進忙出的模樣。莫琳小姐母女倆一邊烤著麵包，一邊對孩子們下指示。孩子們用嬌小的身體努力地工作著。將來說不定也有孩子會成為麵包店老闆。

「大姊姊，早安。」

一個人注意到我，孩子們就很有精神地打了招呼。可是，我可以從他們的臉上看出疲勞。

莫琳小姐母女倆已經習慣了，所以似乎沒有問題；但孩子們做著不熟悉的工作，已經很累了。他們昨天應該也為了今天備料到很晚的時間。而且，今天也要一大早就開始工作。

只要麵包烤好，就可以在開門前休息。可是，這是要用到火和油的工作，在疲勞的狀態下會很危險。我走進廚房，把戴著熊熊手套的手放在孩子們頭上。

「熊姊姊？」

突然被按著頭部，女孩一臉疑惑。

「治癒術。」

「再加油一下吧。」

我對所有的孩子使用回復體力的魔法。這樣應該就沒問題了。孩子們都不知道發生什麼事了，歪著頭表示不解。我最後巡視店裡一次，回到外頭的露麗娜小姐那裡。我一走出門外，就看到露麗娜小姐正在對客人說明的樣子。聽完說明的客人都乖乖地離開了。

「沒問題吧？」

「沒問題。聽完說明之後，大家都回去了。嗯，我想應該是基爾的功勞吧。」

「我只是站在這裡。」

「光是有基爾站在後面，大家都願意聽我的話，幫了大忙呢。」

「……」

似乎沒有一般市民會找冒險者的麻煩。

「換作冒險者沒問題嗎？」

「那才更不需要擔心呢。妳以為這是誰的店呀？」

「呃，我的？」

「沒錯，這是優奈的店。第一次來冒險者公會就狠狠教訓十名以上的冒險者，打倒了哥布林王，還打倒了黑蝰蛇的冒險者。沒有哪個蠢蛋會來挑釁優奈的。如果有的話，要嘛是初出茅廬的新人，要嘛就是在這座城市以外的地方活動的冒險者吧。要是有那種人過來，就真的是基爾的工作了。」

「交給我吧。」

「謝謝你，開門之後，你可以點喜歡的東西來吃。」

我再度走進店裡，幫忙大家的工作。

我在廚房幫忙備料的時候，露麗娜小姐帶著有點困擾的表情走進店裡。

「優奈，可以打擾一下嗎？」

「怎麼了？」

「有個我和基爾都應付不來的孩子來了。」

她的表情有點困擾。既然她說「孩子」，那就代表不是大人。

「是誰來了？」

「是個貴族女孩。」

我只能想到一個貴族女孩。

我根本不知道這座城市裡有多少貴族，所以也不一定是我心裡所想的那個人物就是了。

「如果是普通貴族的話，我就能應付了。」

我走到外面確認，就看見一名金髮少女正在跟基爾對峙。她的確是我認識的人物。

「請讓我進去。我有事要找優奈小姐。」

「等一下。有人去叫優奈了。」

基爾一臉困擾地用壯碩的身軀擋住店門口。貴族女孩果然是指諾雅。一直旁觀也不太好，於是我走到兩人面前。

「諾雅，妳在做什麼？」

「優奈小姐！」

她看到我便露出開心的表情。然後，她看著基爾和露麗娜，開始抱怨：

「我都說我想見優奈小姐了，這些人卻不讓我進去裡面。」

「哎，因為我拜託他們擔任店面警衛啊。不過，真虧你們兩人都知道諾雅是貴族呢。」

「因為我們看過她和領主大人一起出現過幾次。」

原來如此。諾雅也是一個名人呢。

「對了，諾雅有什麼事嗎？」

「什麼叫有什麼事。我因為有事所以暫時沒有過來，今天一過來才看到，這家店是怎麼回事！」

諾雅指著店門口的二頭身熊熊。

「上次決定店名的時候明明還沒有這個的。」

來。

她鼓著腮幫子生氣。

「那個時候不是有提到要把店裡弄成有熊熊的感覺嗎，所以我才做的。」

我記得當時諾雅在我做出熊熊擺飾以前就被菈菈小姐接回去了。她從那一天起就一直沒有過來。

「嗚嗚嗚，竟然在我不知道的時候做了這種東西……」

「所以妳今天怎麼會過來？」

「當然是為了來吃布丁嘍。」

她用這種令人無法討厭的笑容說話也只會讓我很困擾。

「老實說我是想要昨天來的，卻沒有空。早知道有這種熊熊，我就早一點過來了。」

因為不能把這種狀態的諾雅趕回去，我只好請她進到店裡。

進門的瞬間，諾雅的動作僵住了。

「這……這……這是怎麼回事！」

諾雅看到店內的熊熊擺飾，大叫出聲。然後，她靠到我身邊握住我的熊熊玩偶手套。

「請妳務必也在我家做這些裝飾！」

「會被克里夫罵的。」

「我會說服他的！請在每個房間都做。」

「那可不行，妳用這個將就一下吧。」

我甩開諾雅的手，做了一個熊熊黏土人送給她。

「非常謝謝妳。我會當成一輩子的寶物！」

「那就不用了。」

她把這種黏土做的玩偶當成一輩子的寶物也只會讓我很困擾。

諾雅很珍惜地捧著熊熊模型，開心地一個一個欣賞店內裝飾的熊。

然後，她說了一句話：

「我全部都想要。」

這種要求當然被我回絕了。

「話說回來，妳最近都在做什麼？」

「因為去王都的時間延誤了學業進度，所以我都在跟父親大人請來的家庭教師上課。」

我們在王都時的確都在玩。貴族的女兒是需要念書的。比起笨蛋貴族，我希望她可以成為聰明的貴族。

「可是，父親大人太過分了。他完全不讓我出門呢。」

「因為之前都沒念書嘛，這也沒辦法啊。」

「我覺得偶爾讓我休息一下應該沒關係吧。」

「那我請妳吃布丁，要努力念書喔。」

總而言之，我先帶諾雅到座位上。如果不管諾雅，她就會一直在店裡四處遊蕩，所以我讓她坐到椅子上。可是，她即使坐著也會在店裡東張西望。

「雖然有點早，妳除了布丁之外還要吃什麼嗎？」

「可以嗎？」

「可以啊。幾乎所有的東西準備起來都很簡單，馬上就可以端來。啊，可是布丁只能給妳一個。因為數量不多。」

我幫諾雅端來布丁和小塊披薩與果汁。

「店還沒有開門嗎，我記得開門時間已經過了耶？」

她一邊吃著布丁一邊問道。

「發生了一點事。」

我簡單說明昨天發生的事。

「那也沒有辦法呢。只要吃過一次，我也會想要告訴別人。」

「可是，這種人數實在是超乎我的想像。」

「優奈小姐太天真了。妳的想法比這個布丁還要甜（註：日文中的「甜」也有「天真」之意）。我真想讓妳看看布丁出現在國王陛下的誕生慶典時的會場。」

她用挖起布丁的湯匙指著我，然後馬上把湯匙送入口中。

「我有稍微聽國王說過，好像有很多人拜託他介紹做出布丁的廚師呢。」

「那是當然的。布丁出現在會場的時候，所有人都對第一次見到的食物感到很疑惑。可是，

國王請大家享用布丁之後，會場可是一片混亂呢。」

因為一個布丁就引發那種大騷動啊。

「該不會不太妙吧？」

「什麼不太妙？」

「我在想如果別人知道這裡有在賣布丁，會不會有人跑過來逼我們把做法說出來。」

那樣的話，有可能會讓孩子們遇到危險。

「沒問題的。因為國王陛下有親自請父親大人保護優奈小姐。萬一發生了什麼事，這家店就會被當成是依照國王陛下的旨意所開的店。」

「是嗎？」

我還是第一次聽到。

「我是聽父親大人說的，應該不會有錯。」

「我沒有聽說這件事耶。」

「會保密說不定是為了不要讓優奈小姐或其他人感到不安。所以，請假裝我沒有說過這件事。我記得父親大人也有說他已經對商業公會和冒險者公會下過指示了。」

是因為這樣，冒險者公會的會長才會來用餐嗎？

可是，原來克里夫在我不知道的時候幫我做了這種事啊。雖說是國王的命令，我也應該感謝他才行。

「這家店和身為領主的父親大人有關，而背後又有王室的支持，我想應該不會有任何人來破壞這家店。所以，發生什麼事情的時候，只要跟父親大人說一聲就沒問題了。」

領主和國王的後盾啊。考量到孩子們的安全，沒有比這更可靠的了。我就心懷感激地接受國王的心意吧。反正我也沒辦法回報他。

「而且不只是布丁，麵包和披薩都很好吃。我覺得客人會多也是沒辦法的事。」

我被諾雅指出自己當下的許多天真之處。

我和諾雅聊了一陣子以後發現外面有點吵。我走到外面確認，看見有幾個人聚在一起。

「怎麼了？」

走到外面來確認的我問露麗娜小姐。

「我告訴他們中午才會開門，他們就說想要現在開始等。」

原來如此。距離開門已經不到三十分鐘了。就算有客人開始排隊也不奇怪。

「露麗娜小姐，妳請客人排成兩列吧。如果有人弄亂隊伍或插隊，請妳規勸他們。」

「可以嗎？」

「只要不引發糾紛就沒關係。雖然會給妳添麻煩。」

「沒關係。請他們排成兩列就行了吧？」

「是的，拜託妳了。」

所有人在開門前解決了午餐，防止昨天的狀況重演。

到了開門的時間，大概有三十個人在排隊，不過多虧有露麗娜小姐和基爾在，沒有遇到什麼麻煩。

「露麗娜小姐、基爾，謝謝你們。」

「這是我們的工作，不用客氣。要記得請我們吃午餐喔。」

「我們準備好了，沒問題。」

然後，秩序沒有在開門後亂掉，客人都因為基爾的存在而乖乖地排隊點餐。

布丁在產量增加以前，一人限購一個。

聽了諾雅說的話之後，我原以為點布丁的人會很多，但可能是因為午餐時段的關係，排隊的大多數客人都是點漢堡或披薩。

然後，工作告一段落的時候，我們幫露麗娜小姐和基爾準備了說好的午餐。

「辛苦你們了。」

我慰勞露麗娜小姐和基爾的辛苦。兩人完成了工作，坐在我替他們準備的位子上。

「人真的很多呢。」

到了開門的時間，曾一度回去的客人和知道時間的客人會同時光顧，所以店內非常擁擠。

「可是，真的很好吃呢。這些披薩和漢堡都是。」

「……」

基爾在露麗娜小姐面前默默地吃著東西。

我只知道他並不覺得難吃。

「不夠的話就跟我說吧。除了布丁以外都沒問題。」

「這就是傳聞中的布丁吧。我聽海倫小姐說非常好吃呢。」

「因為是甜食，說不定有些男生會不喜歡。」

「沒問題。很好吃。」

基爾吃了一口後說出感想。

「嗯，很好吃喔。這七天都吃得到，真是賺了外快呢。」

「想要永久就業也沒問題喔。我有很多工作想請露麗娜小姐做呢。」

「真是美好的誘惑。可是，我也還想繼續當冒險者。」

「說到冒險者，妳和戴波拉尼要怎麼辦？」

「啊，那件事啊。我想要和他分道揚鑣。因為本來就是臨時的嘛。基爾打算怎麼辦？」

「我還沒決定。」

「我的店也可以僱用基爾喔。」

「我只會戰鬥。」

「那樣就夠了。我可以拜託你當護衛，也有孩子想要成為冒險者，我希望你可以教他們各種冒險者的技術。」

有孩子想要成為冒險者恐怕是因為我的關係。

由於身為冒險者的我幫助了孤兒院的孩子們，似乎有些孩子也想要變得和我一樣。他們想要變強，保護孤兒院。

據院長所說，孤兒院的孩子因為成年後也沒有地方願意僱用，所以才會成為冒險者。因此她要我別放在心上。

可是比起在沒有戰鬥的知識與能力的情況下成為冒險者，經過基爾等前輩的教導會比較好。

我會幫他們創造工作機會，所以老實說我並不想讓他們去做危險的事。

「而且，我想請你在我不在城裡的時候保護孩子們，所以有很多工作可做喔。」

「我會考慮的。」

我本來覺得他會拒絕，所以這個答案讓我很驚訝。

我還以為他會說「我比較適合當冒險者」之類的話。

「慢慢考慮就好。反正也不是什麼急事。」

雖然兩人暫時保留了對挖角的答覆，但是我並不急，所以沒關係。

然後，餐廳開張的第二天也順利來到打烊時間。

晚來的客人沒有吃到布丁，很遺憾地離開了。問題在於蛋的數量。等到有更多蛋的時候，我也想做雞蛋三明治。主要是我想吃。

順帶一提，諾雅被菈菈小姐接走了。聽說諾雅是在上課的時候偷溜出來的。雖然她哭著向我求救，但我實在是無能為力。因為菈菈小姐很可怕嘛。

81 熊熊進貨

餐廳開幕後過了幾天。

店裡沒有發生什麼大麻煩，營業得很順利。問題是馬鈴薯和起司的庫存。

雖然還有餘裕，但早點處理一下或許會比較好。於是，我決定在庫存消耗完畢以前前往生產馬鈴薯和起司的村莊。

種植馬鈴薯的村莊比較近。我騎著熊緩，沒花多少時間就抵達了村子。熊緩的速度確實上昇了。我覺得只要我變強，召喚獸似乎也會跟著變強。

我放慢速度，進入村裡。有沒有人在呢？我掃視了一圈，就看見有個男人往這裡走了過來。

「妳……妳是誰！」

他顫抖著發問。我一瞬間搞不清楚他發抖的理由，但馬上就發現他正將目光放在熊緩身上。

「我是冒險者優奈。這孩子是我的熊，沒事的。」

我為了讓對方安心，摸了摸熊緩的頭。

「真的嗎？」

「嗯，只要不傷害我們就沒問題。對了，我想見一個叫做薩摩爾先生的人。他在嗎？」

「……薩摩爾？」

「嗯，我在王都見過他，他當時有賣馬鈴薯給我。」

我說到這裡，對方就放下戒心了。

「他說在王都買下馬鈴薯的熊女孩該不會就是妳吧？」

「我想應該是吧。」

除了我以外，應該沒有其他人會打扮成熊的樣子，還在王都大量收購馬鈴薯。要是真的有就讓人不太舒服了。

「妳真的打扮成熊的樣子呢。我聽薩摩爾說過了。」

看來薩摩爾先生曾經跟村裡的人提過這件事。

「我再確認一次，那隻熊真的沒問題吧？」

「沒問題。」

我再度撫摸熊緩的頭，牠就高興地叫了「咿～」的一聲。

「……我知道了。我去叫薩摩爾，妳在這裡等吧。讓妳直接進去，村裡的居民會嚇到。」

也是啦，一般來說，村子裡有熊到處走一定會嚇到居民，所以我決定在村子的入口等待。

這名男性把我留在原地，去叫薩摩爾先生了。遠處有居民正在看著我，我可以微微聽見剛才的男性說「她是薩摩爾認識的人，沒問題的」的聲音。

然後過了一陣子，男性帶著薩摩爾先生回來了。

「好久不見。」

為了表示友好，我簡單打了招呼。

「熊姑娘。還有熊啊。」

他看了我一眼，然後望向熊緩。

「這傢伙說有個騎著熊的熊女孩來找我，我還以為是在開玩笑，沒想到是真的。那麼，有什麼事嗎？約好去克里莫尼亞的日子應該還沒到吧。該不會是有人吃了生病，妳才來抱怨的吧？」

他擅自斷定是如此，突然就不高興起來。先聽人家說話啦。

「才不是呢。因為馬鈴薯不夠了，我是來買的。」

「怎麼可能。我在王都賣給妳的馬鈴薯份量應該相當多吧。」

「因為用馬鈴薯做的料理很受歡迎啊。所以我等不及薩摩爾先生來克里莫尼亞就跑來了。」

「……真是不敢相信。」

我只好從熊熊箱裡拿出自己要當作點心吃的洋芋片和薯條。

「這些是用馬鈴薯做成的食物。」

薩摩爾先生吃下用馬鈴薯切片做成的洋芋片。

「真好吃。」

「當作零食來吃還不錯吧。只要用油炸過，再撒鹽就完成了。」

「另一道菜也很鬆軟好吃。」

「這道菜也只要油炸就好。」

「這真的是馬鈴薯嗎？」

「而且，因為也會放在披薩上當配料，所以用量很大。」

「披薩？」

突然說出名稱，他應該也聽不懂，所以我也從熊熊箱裡拿出了披薩。

「這就是披薩。雖然馬鈴薯不是主角，但卻是披薩的必要配料。」

第一次見到披薩的薩摩爾先生很驚訝，但還是放入口中。

「真好吃。城裡的人真的會吃我種的馬鈴薯嗎？」

薩摩爾先生看起來很高興。

「嗯，所以我想買馬鈴薯，還有嗎？」

「是啊，當然有，可是沒辦法馬上拿給妳。」

也對，大概沒辦法馬上拿到吧。可能還要挖出來。

「我還沒有那麼急著要，沒關係。可是，我希望可以盡早拿到，你準備好之後可以運送到克里莫尼亞嗎？」

「知道了。我馬上運過去。」

「那這個先給你。」

我把從盜賊那裡拿到的道具袋交給他。

「這是？」

「道具袋。我沒有用過，所以不知道大概能裝多少。不過馬鈴薯應該裝得下。」

「把這種東西交給我沒關係嗎？」

「沒關係。薩摩爾先生不用的時候也可以讓其他的村民使用。有了這個，運送東西也比較輕鬆吧。」

「幫了大忙。」

「相對地，你一定要把貨送過來喔。」

「嗯，我保證。那大概要多少份量才夠？」

「和上次一樣就好。克里莫尼亞有一家叫做『熊熊的休憩小店』的餐廳，你就跟餐廳裡一位叫做莫琳的小姐說一聲吧。」

「『熊熊的休憩小店』的莫琳小姐是吧。」

「那就拜託你了。」

我跳上熊緩的背。

「妳已經要走了嗎？」

「因為我還有其他地方要去。」

我騎在熊緩身上，接著前往賣起司的村莊。

我騎著熊緩，漸漸開始看到村子了。

「是那裡嗎？」

賣起司給我的老爺爺告訴我的地點就是這個村落。

這次為了不嚇到村民，我放慢熊緩的速度，在村子附近從熊緩身上爬下來，然後走過去。我抵達村莊，看見一名手拿長槍的男人走了過來。是因為看到熊，他才帶武器過來的嗎？為了防止熊緩被攻擊，我走到牠的前方。

「熊的裝扮？」

男人驚訝地看著我。

「妳該不會是在王都買起司的女孩吧？」

男人問道。他的語調比我想得還要冷靜。

「是啊，在王都賣起司給我的老爺爺在嗎，我是來買起司的。」

我這麼說明，男人就好像有了什麼頭緒，馬上就理解了。

「是。我已經聽村長說過了。」

太好了。不過，原來那個老爺爺是村長啊。

「你聽過關於我的事情嗎？」

「村長說過，如果有個打扮成熊的女孩過來，就要讓她進入村子。因為妳是買下所有起司的恩人，所以村長有吩咐負責守衛的人要禮貌地接待。」

「守衛聽起來很嚴肅呢，發生什麼事了嗎？」

「最近有哥布林會攻擊家畜，所以我們才要巡邏。」

哥布林啊。看來他並不是因為熊緩的出現才會嚇得拿起武器。

「那麼，我帶妳去村長家。」

「那個，這孩子也可以去嗎？」

說明召喚獸的事情很麻煩，但就這麼丟下牠也很可憐。

這名男性稍微思考了一下。

「不好意思，我去叫村長過來，可以請妳稍等一下嗎？」

引發騷動也會造成我的困擾，於是我和剛才一樣在村子外頭等待。過了一段時間，守衛就帶著在王都賣起司給我的老爺爺過來了。

「喔喔，那個時候的熊姑娘。妳真的來了啊。」

「我有答應要來嘛。如果我來了就要便宜賣起司給我的約定，你應該沒有忘記吧。」

「當然了。」

「那麼，村長，我就回去巡邏了。」

「嗯，拜託你了。」

男人對我低頭行禮，然後回到巡邏的工作上。

留下來的老爺爺……村長的視線轉向熊緩。

「對了，小姑娘，這隻熊是？」

「牠是我的熊，不用擔心。」

村長有點不安地看著熊緩。嗯，這也沒辦法。

「對了，我聽說有哥布林攻擊家畜，情況還好嗎？」

「嗯，我們現在有加強巡邏，沒問題。」

「你們沒有委託冒險者公會嗎？」

村長搖搖頭。

「我們是有用小姑娘在王都買起司的錢提出委託……」

好像還沒有冒險者過來。

這部分還要看冒險者的意願。委託金夠高的話就會有人來，但如果有同樣的委託，冒險者就會選比較近的地方。比起遠處，我也會優先選擇近處。

「雖然現在村民會合力趕走哥布林，但最近牠們的數量增加，還會攻擊家畜。再這樣下去可就做不了起司了。」

我從村長口中聽說不能裝作沒有聽見的話。做不了起司可是攸關生死的問題。如果無法再取得起司，對世界來說可是一大損失。更重要的是我會很困擾。那麼，我要做的只有一件事。

「那麼，我去打倒那些哥布林好了。」

「妳在說什麼！」

村長發出驚訝的聲音。

「別看我這樣，我是冒險者，沒問題的。」

為了取得信任，我把公會卡拿給村長看。村長很驚訝地看著公會卡。

「而且我還有這孩子在啊。」

我撫摸熊緩。村長交互望著我和熊緩。

「而且，要是你們沒辦法做起司，我也一樣會傷腦筋。所以，我並沒有對這個村子見死不救的選項。」

為了狩獵哥布林，我站了出來。

「妳真的要去嗎？」

「這是為了起司。」

我和熊緩一起前往從村長那裡聽來的森林。哥布林好像會出現在這座森林，村民最近因為沒辦法到森林裡而傷透腦筋。我使用探測技能，發現有哥布林的反應。

「那我們走吧，熊緩。」

我摸摸牠的頭，朝有哥布林反應的地點起跑。

……然後，我快速解決了這件事，回到村子裡。

這樣就可以保住我的起司了。

「小姑娘，妳後來決定不去了吧。」

我回到村莊，看見村長一臉擔心地在入口處等著我。

「我把牠們打倒了。森林裡現在一隻哥布林也沒有。而且我還順便打倒了碰巧遇到的獸人，已經不用擔心了。」

「妳真愛開玩……」

我打斷了村長的話，把哥布林和獸人的屍體全部展示給他看。考慮到今後的事，我把所有魔物都打倒了。這附近已經沒有魔物了。

「這是！」

「我就說了，是我打倒的魔物。」

「妳真的把哥布林……」

村長一看到哥布林，眼裡就開始微微泛起淚光。太誇張了吧。

過了一陣子，發現村子入口有哥布林的屍體堆積如山的村民開始聚集起來。

「村長，這是？」

「可能有點難以置信，不過這些都是這位打扮成熊的小姑娘打倒的。」

聽到村長的話，村裡的居民都望向我。

可是，現場有哥布林的屍體。他們一開始雖然不敢相信，但聽到村長的話，又看到了熊緩，總算是相信了。

人的外表果然很重要呢。

為了請村民幫忙處理打倒的魔物，我把魔石也送給了村子。居民開始處理魔物，我則和村長一起進入村裡。當然了，熊緩也和我一起。沒有任何人表示抗拒。

後來，我請村長帶我到保管起司的地方。起司就放在地下倉庫，這裡排放著許多不同種類的起司。

「可以嗎？」

村民決定把起司當作謝禮送給我。

「當然了。我們也只能做到這點小事。」

我心懷感激地接受村長的心意。

後來我和村長談到以後關於起司的事。他們過去都只有生產居民要吃的份量。這樣的話，如果被我買走，庫存馬上就會用完。因此我和村子簽下了定期收購的契約，委託他們製作起司。

「妳對我們的起司這麼捧場……」

村長又開始眼角泛淚了。這位老爺爺的淚腺好弱。

「所以，以後也要麻煩你們做好吃的起司了。」

「嗯，知道了。我們會努力製作的。」

後來，我在村子裡參觀，村民讓我看了各種家畜。

我抱著被拒絕的覺悟拜託他們讓我看起司的製作過程，他們卻爽快地答應了。這不是村裡的獨家技術嗎？

我這麼一問，他們就說「我們不能對小姑娘這位村子的恩人隱瞞事情」。

只不過是狩獵了哥布林，就讓他們背負了這麼大的人情，我有種做了壞事的感覺。就算知道起司的做法，我也根本不打算在其他地方製作就是了。

在這之後，村裡舉行了歡迎我的宴會。

為了答謝他們，我想讓他們知道起司是多麼美好的食材，於是我做出石窯，用村子的起司烤披薩請村民吃。

82 熊熊沒事做

店裡經營得很順利，莫琳小姐正在試驗新的麵包。她正在做三明治，研究夾在麵包裡的食材。就像這樣，新的料理也正在逐漸增加。

營業時間的調整也沒什麼問題，孩子們都已經習慣了工作，快樂地工作著。

露麗娜小姐和基爾的警備期間結束以後，孩子們都感到很遺憾。他們兩個人好像都很受孩子們喜愛。也對，如果有人在孩子被客人糾纏的時候伸出援手，好感度當然會上昇。

在這之後，他們兩人和戴波拉尼解除了組隊關係，有時候獨自承接委託，有時候也會組成臨時隊伍。他們偶爾也會來店裡光顧。

我今天為了去見芙蘿拉公主，使用熊熊傳送門前往王都。

嗯，可以瞬間移動真輕鬆。

建築熊熊屋的地點比較接近上流地區，所以行人少，但是大馬路上的人潮還是一如往常地多。我通過大道，前往城堡。

我一抵達城堡的大門，士兵就看著我。我直接走近，而對方似乎記得我，對我打了聲招呼。

「我想進去裡面，可以嗎？」

我從熊熊箱裡取出公會卡。我的公會卡裡輸入了城堡的通行證。拿給別人看的時候，只要對公會卡灌注魔力就會浮現字樣。所以，就算在普通的情況下看到公會卡，別人也不會知道我擁有進入城堡的權利。

士兵問我進入城堡的目的，我就說我是來見芙蘿拉公主的。

我一個人還是不能見到公主殿下，所以士兵說要去叫艾蕾羅拉小姐，要我在這裡等待。

「優奈，好久不見。」

「好久不見了，艾蕾羅拉小姐。」

「妳是來見芙蘿拉大人的嗎？」

「是啊，因為我有一段時間沒來了。」

雖然也是因為店裡很忙，但一直不空出時間過來的話會讓人起疑的。

因為艾蕾羅拉小姐的到來，我獲准進入城堡，就這麼直接前往芙蘿拉大人的房間。我走進房間，不知為何連國王也在。

「國王陛下，你又偷懶了嗎？」

「艾蕾羅拉，我可不是妳。我只是在休息而已。」

「這麼說就太難聽了。我正在乖乖地做著幫優奈帶路的工作呢。」

「我是在說平常的妳。」

82 熊熊沒事做

「平常的我嗎，我一直很認真工作呀？」

「妳還真敢說。」

國王對如此斷言的艾蕾羅拉小姐很傻眼。

「話說回來，為什麼國王陛下會在芙蘿拉大人的房間休息呢，平常不是都待在自己的房間嗎？」

「當然是因為我接到優奈來訪的消息了。我知道如果優奈過來，一定會來找芙蘿拉。」

兩人正在鬥嘴的時候，芙蘿拉大人靠過來了。

「芙蘿拉大人，妳好。」

「熊熊，妳是來找我的嗎？」

「我們約好了嘛。」

我丟下還在吵個不停的兩個大人，用熊熊玩偶手套握住芙蘿拉大人的小手走向桌子，讓她坐到椅子上。

「我帶布丁來了，我們一起吃吧。」

「嗯。」

我在桌上禮貌性地放了四個布丁。

然後，看到布丁的艾蕾羅拉小姐和國王也走了過來，坐到椅子上開始吃起布丁。

我看到芙蘿拉大人吃得津津有味的表情，下定決心。我從熊熊箱中取出一張紙，放在艾蕾羅拉小姐和國王面前。國王看著紙張。

「這是什麼？」

「布丁的食譜。請用這個做給芙蘿拉大人吃。」

「可以嗎？」

「只要可以讓芙蘿拉大人開心就好。而且，我以後不知道什麼時候可以來，請幫她做吧。」

「知道了。我會感恩地收下。我會將做法告訴可以信賴的我的直屬廚師，妳放心吧。」

「就算洩漏出去也沒關係，不要處罰那個廚師喔。」

我希望國王不要因為布丁食譜的洩漏就處罰屬下。

「放心吧。為王室做菜的人之中，不會有人洩漏情報的。」

「可是，應該有人會偷吧。」

不管是哪個世界，都有人會竊取情報。歷史告訴我們，保護機密是很困難的。只不過，可以盡量降低發生的可能性。

「如果有人想偷走王室的料理食譜，我會讓他得到相對的報應，放心吧。」

國王的笑容好可怕。可是，他願意為了一張布丁的食譜就向我擔保，讓我很高興。

「而且，妳不能常來也沒辦法。畢竟克里莫尼亞有點遠。不過，如果妳搬到王都住的話就沒問題了。」

「雖然我也同意國王陛下的意見，但是考慮到克里莫尼亞的事，那可不行呢。」

艾蕾羅拉小姐插嘴，情況好像快要演變成我的爭奪戰了，所以我決定說出我不能來的理由：

「我想要去一下海邊。」

「海邊？」

「從王都往東邊走就可以到海邊對吧。」

這是上次我來王都的時候得到的情報。我聽說往東走就可以到達海邊。雖然不知道距離多遠，但只要騎著熊緩牠們移動，應該就可以快點抵達。

「怎麼，妳想要去海邊嗎？」

「因為我想要海裡的食材啊。」

「又是食物？」

就算他這麼說，但身為日本人，我會想吃海鮮也是沒辦法的事。如果拿不到米飯和味噌，我至少也想要吃到海鮮。做烤魷魚或章魚燒應該也不錯。

「遺忘進食的樂趣就太浪費人生了。因為人不吃東西就活不下去嘛。」

「的確沒錯。」

國王吃下一口布丁。

「如果克里莫尼亞城附近也有海就好了。」

「有喔。」

「……咦？」

我因為艾蕾羅拉小姐脫口說出的一句話而愣住。

「那可以算是有嗎？」

「什麼意思？」

「妳知道克里莫尼亞城的東北方有一座高山嗎？」

我點點頭。

那是從城裡就可以看見的高山。說是山脈應該也可以。

「越過那座山就可以看到海了。只不過，不管是要越過還是繞過山脈都很辛苦就是了。」

原來那座高山後面有大海啊。要說近是很近，要說遠也是滿遠的。

「那裡也有城鎮喔。因為有那座山，所以一般人不會特地前往。不過，靠優奈的熊應該去得了吧？」

的確，靠熊緩牠們應該去得了。這樣一來，我就不需要從王都出發去海邊，以距離來說也比較近。問題頂多就是能不能爬山了。

「優奈的熊？」

不知道熊緩牠們的國王表示疑惑。

「優奈她有熊的召喚獸喔。」

「妳還做得到那種事啊？」

「牠們很可愛，也很乖喔。」

不知道為什麼，艾蕾羅拉小姐開始得意地說明。聽到這番話，不只是國王，連芙蘿拉大人也眼神發亮。

「算是啦。所以我來王都的時候其實沒有那麼辛苦。」

「有熊熊嗎？」

「有熊啊。」

芙蘿拉大人的眼神閃閃發光，國王也開始感興趣，於是我們就順勢決定要召喚熊了。

在公主殿下的房間召喚沒關係嗎？

「真的可以嗎？」

「無妨。」

總而言之，因為這個國家地位最高的國王允許，我召喚出熊緩。

「真的有熊跑出來了。」

「是熊熊耶。」

芙蘿拉大人靠近熊緩，國王只是看著，並沒有阻止她。

他沒有危機感嗎？

「還有另外一隻喔。」

「還有嗎？」

我伸出左手，召喚熊急。

「白熊啊。真是稀奇。」

國王靠過去，觸碰熊急。

「牠們真的很乖呢。」

「只要不對牠們做什麼，牠們就不會怎麼樣。」

「是白色的熊熊耶。」

剛才抱著熊緩的芙蘿拉大人很驚訝地看著白色的熊急。

芙蘿拉大人並不害怕，和熊緩與熊急玩了起來。她還會坐到熊緩身上，在房間裡走來走去。

「妳到底是什麼人啊？」

國王看著熊緩牠們問我。

「階級D的冒險者。」

「哪裡有打倒了一萬隻魔物的階級D冒險者啊。」

就在這裡啊。

「話說回來，優奈。妳明明打倒了一萬隻魔物，現在還是階級D呀。」

「因為那些魔物已經當成是碰巧經過的階級A隊伍打倒的了。」

「妳明明可以承認是自己做的。」

「我才不要呢。」

「打扮得這麼顯眼，竟然不想引人注目。」

方向。

國王很傻眼地說。

那個和這個是兩回事。因為熊的裝扮而出名和因為打倒一萬隻魔物而出名，根本就是不同的方向。

「如果那些都算是優奈打倒的，現在可能已經昇上階級B了呢。」

階級B啊。雖然階級可以隱瞞，一萬隻魔物的事情傳出去可就麻煩了，我會盡全力拒絕。

「而且，優奈。妳完全沒有從國王陛下那裡拿到任何獎賞吧？」

「那是因為她拒絕了。我可沒有錯。」

相對地，我請國王答應為我的事情保守祕密。這是為了和平的生活所作的交易。而且我也知道他有拜託克里夫當我的店的後盾。因為國王陛下和克里夫沒有說出口，所以我也不會提到。

然後，閒聊結束，我準備回去，芙蘿拉大人卻沒有放開熊緩和熊急。

「不要。我還要玩。」

於是我答應芙蘿拉大人的請求，留在城堡直到晚餐時間。

83 熊熊登山

我將自己要越過山脈前往海邊的事情告訴正在雞舍工作的堤露米娜小姐和菲娜。

「妳真的要去嗎？」

堤露米娜小姐擔心地問道。

「因為我想看海嘛。所以，店裡的事就拜託妳了。」

就算我不這麼拜託，餐廳的經營也已經以堤露米娜小姐和莫琳小姐為中心運作了。就算我不在也沒關係。

「那是沒問題啦，但艾雷岑特山脈的地勢很險峻喔。」

「我有熊緩牠們在，沒問題的。如果還是很危險的話我會回來，不會勉強的。」

「優奈姊姊……」

菲娜露出擔心的表情。

「沒事的。等我到了那邊再跟妳聯絡。」

我從熊熊箱裡取出兩個手掌大小的二頭身熊熊模型，再將其中一個交給菲娜。

「熊緩？」

菲娜看著我給她的熊熊模型，叫出熊緩的名字。這是外型和熊緩與熊急一樣的道具。

「這是可以和遠方的人對話的魔法道具。」

經歷了在王都打倒一萬隻魔物的事情，我得到兩個新技能。一個是製造灌注魔力就可以進行通話的熊熊電話。這是利用魔力取代電波的通訊機器。

另一個技能是讓召喚獸變成小熊。這是可以讓熊熊召喚獸縮小的尷尬技能。

讓熊緩牠們變成小熊有什麼用？如果是變大我還可以理解。縮小會讓戰鬥力降低。因為沒辦法騎乘，所以基本上沒什麼用處。

可是，縮小的熊緩和熊急很療癒。小隻的熊緩和熊急用小碎步跟過來的樣子很可愛，也可以和我一起洗澡。一起睡覺時也不會太擠。而且，拿來當抱枕也很舒服。考慮到這些優點，我得出這個技能是用來療癒心靈的結論。

「萬一發生什麼事，妳就對這個熊熊電話灌注魔力，在心裡想著要跟我說話。這樣就可以跟我的熊熊電話接通了。」

我用認真的表情向菲娜說明熊熊電話的使用方法。

「……優奈姊姊，人怎麼可能和遠方的人對話。不用說這種謊話讓我安心，我沒有那麼小孩子氣。」

菲娜生氣地鼓起臉頰。呃，她該不會是不相信我吧？

再說，十歲就是小孩子沒錯啊。

「優奈，王都或許有那種魔法道具，但這也太誇張了。」

堤露米娜小姐也不相信我。這種道具有這麼稀奇嗎？

以遊戲來說的話，應該就和聊天功能一樣吧。

「那我們就來確認一下吧。我會打給那支熊熊電話，妳們接起來看看。」

話是這麼說，其實我也是第一次使用。因為我沒有使用對象，一個人也沒辦法作實驗。所以，我也不知道熊熊電話會怎麼和對方接通。

會有來電鈴聲響起嗎？

總而言之，我們三個人為了測試熊熊電話而走出門外。我們來到與雞舍和孤兒院有點距離的地方。這裡沒有別人，打電話應該沒問題吧？

我對手上的熊熊電話灌注魔力，在心中想著要接通到菲娜拿著的熊熊電話。結果，菲娜手中的熊熊電話就開始響起來了。

「咿～咿～咿～咿～咿～」

熊的叫聲？

這就是鈴聲嗎？

怎麼有點奇怪？

能不能像手機一樣變更設定啊？

「優……優奈姊姊，這個要怎麼辦！」

菲娜不知所措地看著在手中鈴響的熊熊電話。

「就和開燈一樣，妳對魔石灌注魔力看看。那樣就可以打開開關了。」

菲娜一灌注魔力，熊熊電話的叫聲就停止了。

「那我到遠一點的地方。」

我離開菲娜數十公尺。

「菲娜，妳聽得見嗎？」

我對熊熊手套玩偶咬著的熊熊電話說話。

『優奈姊姊？』

菲娜的聲音從熊熊電話的嘴巴傳出。

「妳聽得見我的聲音嗎？」

『嗯，我聽得見。』

喔，成功聽見了。就像手機或對講機一樣。

「那我再離遠一點喔。」

我又離菲娜更遠一點。

「菲娜聽得到嗎？」

『聽得很清楚喔。』

『優奈，這真的是可以遠距離通話的魔法道具嗎？』

熊熊電話中傳來堤露米娜小姐的聲音。

「雖然我不知道最遠的距離是多少，但距離相當遠應該也沒問題。」

因為我沒有使用過，所以不知道確實的距離。可是，這是神給我的技能。可以通話的距離不可能多短。

「那麼，我就先掛斷了。這次換菲娜打給我看看。用法就和我剛才說明的一樣，一邊注入魔力，一邊默想著要跟我說話。」

『嗯，我試試看。』

我暫時掛斷熊熊電話，等待菲娜的來電，然後熊熊電話開始鈴響。

「咿～咿～咿～咿～咿～」

果然是這種叫聲。鈴聲雖然可愛，卻讓人不知道該怎麼形容。

這個世界出現機械聲或鈴聲是有點怪，但如果可以輸入音效，我想要設定成菲娜的聲音。

就像「大姊姊，電話來了。大姊姊，電話來了」這樣。下次就仔細研究看看可不可以變更吧。

總而言之，我為了阻止叫聲繼續響，對熊熊電話注入魔力。從熊熊電話傳出的叫聲停止了。

『呃，優奈姊姊，妳聽得到嗎？』

「我聽到了。」

這樣就確定雙方都能打通了。剩下的問題只有距離，但這就沒辦法馬上確認了。雖然用熊熊傳送門移動到王都就可以實驗，但那也很麻煩。

「那我回去妳們那邊，先掛斷了。」

我掛掉電話，回到菲娜身邊。

「優奈姊姊，這隻熊熊好厲害。」

她珍惜地緊握著熊熊電話。

「這樣不管去到哪裡都可以聊天了吧。」

「是呀！」

「可是，這個真的很厲害呢。竟然可以和遠方的人說話。」

「堤露米娜小姐如果有什麼事也可以聯絡我。如果能回來，我就會回來。」

因為有熊熊傳送門，我很快就可以回來。

「可是，把這麼厲害的魔法道具交給菲娜保管沒關係嗎？」

「沒關係。反正我自己帶著兩個也沒有意義。」

如果我一個人拿兩支電話，就會變成用兩台對講機玩遊戲的可悲孩子。

「可是，既然有這種東西，怎麼不交給故鄉的朋友或家人呢？」

堤露米娜小姐的話刺痛了我的心。

朋友……那是什麼，好吃嗎？

家人……他們在哪裡？

「優奈，妳怎麼了？」

因為我保持沉默，堤露米娜小姐一臉擔心地向我搭話。

「我的故鄉太遠了，沒辦法用這種魔法道具。」

「是嗎，對不起喔。」

堤露米娜小姐可能是感覺到我的過去有什麼隱情，於是不再多說什麼。

「所以，菲娜也不用在意，儘管拿去。」

「嗯。我會好好保管的。」

我摸摸菲娜的頭。

一早，我騎著熊緩往艾雷岑特山脈出發。

久違的一人旅行。我朝著山脈前進。

從這裡也可看見山脈。山頂附近是白色的，看得出來有積雪。可是熊熊服裝附有耐寒功能，所以應該沒問題。這麼一想，我就覺得這套熊熊裝備實在是太萬能了。所以我才脫不掉它啊。

熊緩離開城市後朝著山脈不斷奔跑。我看著山愈來愈近，地圖也開始逐漸更新。

「好大喔。」

騎在熊緩身上的我抵達登山口。我聽說某處有路可走，該不會就是這條野獸走過的小徑吧？

這是一條熊緩勉強可以通過的窄路。

算了，既然有路，走起來也比較輕鬆。就算迷路，靠著熊熊地圖的技能也可以回來。不方便的地方頂多就是不知道前方的路。

我喚回載我到這裡的熊緩，拜託熊急走接下來的路程。因為要是只騎熊緩，熊急會鬧彆扭的。

「那麼熊急，拜託你了。」

熊急進入小徑。雖然地勢逐漸變成斜坡，熊急還是不斷前進。山腳下是森林，草木茂盛，愈往上走卻愈是稀疏。

該說不愧是召喚獸嗎，熊急沒有任何疲憊的樣子，順利地登山。

我使用探測技能確認周圍，魔物的反應很遠，並沒有靠過來的跡象。我繼續往上爬，森林便消失，轉變成四周遍布著岩石的地形。我往下看，發現已經爬到相當高的地方了。

「熊急，你還好嗎？」

「咿～」

牠轉過頭看著騎在背上的我。看起來還很有精神。

「會累要告訴我喔。」

我撫摸熊急的頭。熊急很高興地加快了速度。熊急跑上坡道。天上漸漸飄起雪來，我的腳下開始累積起一層薄薄的雪。熊急在這片薄雪上奔馳而過。往後看就可以看見熊急的足跡。

人家都說山上的天氣很多變，原來變化真的這麼大。還是說因為這裡是異世界呢？雪勢逐漸增強。多虧了熊急，我才能輕鬆來到這裡；但如果是普通人的話，應該要穿插好幾次休息才行。作防寒措施的話會讓身體變重，不作又會讓身體凍僵。我因為有熊熊布偶裝，並不會覺得太冷或太熱。

接著，降下的雪開始增強，地面上的積雪也逐漸加深。可是，熊急並不在意，繼續跑在雪上。攀登雪山的過程中，我看見右方有一隻白色的狼。

雪狼。全身包覆著白色毛皮的狼。白色毛皮當成送給菲娜的禮物或許不錯吧？我才剛這麼想，雪狼看到我們就逃跑了。因為有熊急在，所以我不會受到攻擊。雖然我想要白色毛皮，但不會特地追上去。

山脈可以見到的魔物有三種：雪狼、雪兔、冰雪人。

雪狼和普通的野狼沒什麼差別。不同之處只有毛色是白色的而已，能力上都相同。

雪兔就和名稱一樣，是一種體型稍大的兔子。只要不主動攻擊，牠們基本上不會對人類怎麼樣。

冰雪人是白雪聚集在冰之魔石上而變化成魔物的生物。說是長了手腳的雪人比較容易想像牠們的外觀。牠們的攻擊方式很單調，不是用身體衝撞，就是從嘴裡吹出風雪。我想起在遊戲中被牠們凍住武器和防具的事情。

冰雪人另外還有一個特徵，那就是物理攻擊無效。就算對牠們使出物理攻擊，牠們也只會崩解，然後馬上再生。只有用火融化雪的方法可以打倒牠們。

所以，我對冰雪人使用火球術。火球命中時讓雪蒸發，使冰之魔石落在原地。

這是可以用在冰箱或冷凍庫的冰之魔石。因為冰之魔石有很多用途，所以我會撿起來。

我順利地登上山脈時，雪勢就逐漸變成暴風雪了。是不是先休息到暴風雪趨緩會比較好呢？

多虧有熊熊裝備，我並不覺得冷。熊急好像也沒問題。雖然可以繼續前進，但視野太差了。因為不需要勉強前進，我決定休息到暴風雪停止。

我在一片白茫茫的視野中尋找躲雪處。

「嗯～沒有呢。」

我環顧四周，附近都沒有可以阻擋風雪的地方。沒有的話就只能用做的了吧？

我正在煩惱該怎麼辦的時候，熊急就對什麼有所反應了。

我以為是魔物，使用了探測技能，但探測技能沒有偵測到魔物的反應。相反地，有兩個人類的反應。

84 熊熊救人

這陣暴風雪中有人。

對方有可能和我一樣是冒險者。我不覺得會有一般人待在這種暴風雪中。他們是來這種地方狩獵魔物的嗎？

可是，艾蕾羅拉小姐說山脈很陡峭，來這裡狩獵魔物的好處很少，所以沒有冒險者會上山。

嗯～是誰會跑來這種暴風雪之中？

我看看熊急，覺得突然被攻擊也不好，所以決定避開他們移動。我看了看探測技能的反應，決定移動到沒有反應的地方。可是，反應本身並沒有動靜。

他們是在露營嗎？那裡搞不好有洞窟。那樣的話，繼續前進應該也沒問題吧？

我煩惱著，最後決定前進。如果對方正在露營，大概不會發現我。我想他們應該不會攻擊我。

暴風雪開始漸漸增強了。我使用探測技能，到達有反應的地點附近。

這附近並沒有洞窟或岩石、類似雪屋的東西，更沒有站立的人類。可是，探測技能有偵測到反應。我唯一想得到的可能性，就是有人被埋在雪裡。

這該不會是很糟糕的狀況吧？

我凝神注視著積雪。這裡覆蓋著一片白雪，看不見類似人的蹤跡。應該就在這附近才對。我正在四處張望的時候，熊急有反應了。我望過去，看到形狀像是背包的東西被埋在雪裡。

我從熊急身上跳下來跑向有背包的地方。我撥開雪，看到一對抱著彼此的男女倒在地上。

「你們沒事吧！」

我用風魔法吹開雪，試著搖晃他們。兩人雖然失去意識，卻都還有呼吸。

我召喚熊緩，將他們兩人搬到熊緩和熊急身上。

然後，我開始尋找是否有地方可以躲雪。我找到一處山壁，用土魔法在不引發雪崩的情況下靜靜地做出一個巨大的空洞，並和熊緩與熊急一起進入洞窟中。然後，我拿出前往王都的時候使用過的旅行用熊熊屋。

我將兩人搬進熊熊屋，讓他們睡在沙發上。為了替受寒的身體取暖，我替他們蓋上毛毯。光是這樣還是很冷，所以我將熊熊屋的室內溫度調高。

熊熊屋裡面基本上是不寒冷也不炎熱的。屋裡會維持適當的溫度。可是，為了溫暖兩人徹底凍僵的身體，我使用火之魔石提高室內的溫度。接下來只要等他們醒過來就行了。

「總之，這樣應該沒問題了吧？」

因為肚子餓，我決定準備東西來吃。

我到廚房準備熱呼呼的食物和飲料後回到房間，發現女人的身體動了起來，接著她緩緩睜開

眼睛。

「這……這裡是？」

「妳醒啦？」

女人的眼睛掃視著房間，最後捕捉到我的身影。

「……熊……妳是？」

「我是冒險者優奈。我在雪山發現昏倒的你們，妳還記得嗎？」

女人稍微思考了一下，一想起什麼就大叫起來：

「達蒙！」

「跟妳在一起的男人在那邊睡覺。」

我指向旁邊的沙發。

然後，女人看到正在呼吸的男人便鬆了一口氣。

「太好了。是妳救了我們嗎？」

「湊巧啦。我發現你們倒在雪中。如果我沒有注意到就危險了。」

「非常感謝妳。我叫做尤拉。這位是我丈夫達蒙。」

尤拉小姐低頭行禮。年齡大概在二十五歲左右吧。

也有像艾蕾羅拉小姐那樣的人，所以也不一定。我拿了一杯熱牛奶給披著毛毯，看起來還有點冷的尤拉小姐。

「對了，為什麼你們會在那種地方？」

我聽說就連冒險者也不太會來這種地方，而他們不管怎麼看也不像是冒險者。

「是，我們正要從密利拉鎮前往克里莫尼亞城。」

「我記得密利拉鎮是這座山另一邊的城鎮吧。」

海邊的城鎮。那裡那就是我的目的地。

「是的，就是那裡。我們正打算到山脈另一邊的克里莫尼亞城購買糧食，卻在途中累倒了。」

「糧食，為什麼要特地翻越雪山？」

「看來消息還沒有傳到克里莫尼亞城呢。」

尤拉小姐一臉悲傷地說道。

「……？」

「距離現在大約一個月前，密利拉的海中出現了魔物。」

海裡果然也有魔物啊。

「聽冒險者說，那好像是叫做克拉肯的魔物。克拉肯出現在漁港附近攻擊船隻，使得船都沒辦法進出港口了。」

克拉肯在遊戲裡是海邊活動的魔王。

牠是魷魚外型的怪物。弱點是火和雷，但火的威力在海上會減半，雷的攻擊力雖強，但因為地點在海上，所以失敗時會把自己和隊友也拖下水，是很棘手的魔物。

戰士類的職業在這場活動中派不上用場，魔法師則能大顯身手。我當時也有參與，還記得牠是一種很麻煩的魔物。

「而且，因為克拉肯的出現，其他城鎮的船都沒辦法過來，導致糧食無法送到。所以，我們才會去克里莫尼亞找糧食。」

「城鎮裡沒有冒險者公會嗎？大家不能合力打倒克拉肯嗎？」

尤拉小姐搖了搖頭。

「鎮上有冒險者公會，可是，沒有實力足以打倒克拉肯的冒險者。」

雖然是活動中的魔物，但克拉肯畢竟是魔王等級。在這個世界，要有多強才能打倒牠呢？

「可是，就算不勉強翻山越嶺去克里莫尼亞，不是還有魚可以吃嗎？」

尤拉小姐搖頭回應我說的話。

「克拉肯害得船隻都不能出海了。之前克拉肯曾經到城鎮附近攻擊以為淺灘很安全的漁夫。從那時候開始，鎮上就禁止居民出海和靠近海邊了。」

要是出海，把克拉肯引到鎮上，那就不只是糧食的問題了。

「可是要捕魚的話，就算不出海應該也可以吧？」

用普通的釣竿釣魚之類的。

可是，尤拉小姐搖頭。

「是捕得到，但數量很少。而且，只有少部分的人可以得到捕魚的許可。」

「為什麼？」

「如果人群聚集到海岸邊，克拉肯就經常出現。所以，鎮上有限制人數。」

也就是說，釣魚的人會被克拉肯當作食物，吸引牠靠過來嗎？

「還有，釣到的魚受到商業公會的管理，再由公會分配給居民，但是因為量少，所以我們分不到。」

如果漁獲量和人數不成比例，不夠也是當然的。

我正在聽尤拉小姐說鎮上發生的事時，睡在沙發上的男人就動了起來，睜開眼睛。

「達蒙，你沒事吧？」

尤拉小姐一臉擔心地靠近男人。

「尤拉，我們得救了嗎？」

男人坐起上半身，握住尤拉小姐的手。

「是這位叫做優奈小姐的冒險者救了我們喔。」

「……熊？」

雖然我早就知道了，但每個人的反應還是都一樣。

「達蒙，你太失禮了。她救了倒在雪中的我們呢。」

「啊，抱歉。我是達蒙。謝謝妳救了我們。對了，這裡是哪裡？」

「這裡是我的房子。」

不過是移動式熊熊屋的裡面。

「我們得救了啊……」

兩人很高興地相擁。為了讓達蒙先生平靜下來，我到廚房熱了一杯牛奶給他。

「謝謝妳。幫了大忙。」

他接過杯子，喝了一口。兩個人的狀況都穩定下來了，於是我們繼續談話。

「可是，為什麼你們兩位會跑到山脈這裡，雖然會繞遠路，但我聽說沿海有路可走啊？」

雖然會繞很大一圈，但我聽說那裡有幹道。我覺得應該沒必要賭命登上山脈才對。

「那是因為……」

「克拉肯出現後過了一陣子，沿海的路上就開始有盜賊出沒了。所以，離開城鎮的人和去收購糧食的人就會遭到襲擊。因為這樣，道路沒辦法通行。」

「就算打不贏克拉肯，冒險者應該也打得過盜賊吧。由城鎮提出委託的話……」

如果鎮上沒有食物可吃，冒險者應該也會感到困擾。

不過，兩人搖搖頭。

「階級高的冒險者都被逃離城鎮的人僱用，不在鎮上了。」

「現在只剩下階級低的冒險者留在鎮上……」

打不贏克拉肯，也打不贏盜賊。高階冒險者在離開城鎮之前應該還有該做的事吧。

總結一下兩人所說的話：克拉肯害得居民無法出海捕魚，其他城鎮的物資也進不來，唯一的道路由於盜賊的出沒而無法通行。而且，冒險者派不上用場。再加上淺灘的漁獲量很少，沒辦法供應給所有人。

「山呢，食物來源不是只有海吧？」

山裡有野狼，還有動物，以及山菜等等。

「是，的確可以取得一點。可是，數量也很有限，要付很多錢才能夠買到。」

數量的確是有限的。

「其他的港口應該知道密利拉鎮的海邊被克拉肯襲擊了吧。國家都沒有動作嗎？」

雖然不是王都，但既然有克拉肯出沒，我覺得出動國家軍隊應該也不足為奇。

「我們的城鎮不屬於任何一個國家。所以，沒有國家會來打倒克拉肯的。」

「是這樣嗎？」

「據說密利拉是過去的戰爭時代逃過來的人們所建立的城鎮。」

冒險者不行，國家也不行，這樣不就卡關了嗎？

嗯……該怎麼辦才好？

我？我不會去打的。就算是熊也沒辦法在海中戰鬥。

「你們兩位接下來打算怎麼辦？」

「可以的話，我們想要去克里莫尼亞城。」

「去了以後回得來嗎？」

他們連目的地都走不到。

經由同樣的路線成功回去的可能性很低。

「這……」

「可是，我們非去不可，小孩子和父母都正在餓著肚子等我們……」

兩人的話說得很無力。他們應該是想起到這裡為止的路程了吧。就算嘴巴上說要去，心裡似乎還是會想到自己被埋在雪裡，差點喪命的經驗。

雖然我也可以就這麼放他們走，但如果他們死在路上，我也會良心不安。我有將近五千隻的野狼可以當作糧食，也持有用來做麵包和披薩的大量麵粉。我的糧食多到會壞掉（雖然不會壞）。

「那個，請問一下，這裡是哪裡呢？」

「雪山上。」

「「咦！」」

兩人很驚訝。

聽到雪山上有房子，當然會驚訝了。

「這裡是你們昏倒的地方附近的洞窟。」

「真的嗎？」

「如果你們覺得我在騙人，可以出去確認看看。」

兩人望向熊熊屋的窗外。在洞窟內也可以看到吹著風雪的戶外。

「為什麼這種洞窟裡會有房子呢？」

「你們當作是我用魔法變出來的就行了。」

「竟然有這種事……」

「就是因為辦得到，我才會跑來雪山的。」

要不是有熊熊系列道具，我就不會來到這種雪山上了。

熊熊服裝、熊熊召喚獸、熊熊屋、熊熊箱，方便的熊熊系列道具。

「話說回來，關於剛才提到的糧食，我有一定程度的量可以給你們。」

「真的嗎！如果妳可以分給我們就太好了……這些錢可以買到多少呢？」

達蒙先生拿出皮革袋子，把錢放到桌子上。

銀幣與銅幣滾落到桌上。這應該是他們從家裡努力湊出來的吧。以我的感覺來說並不算多。

「雖然很少，但這些就是我們可以拿出來的所有財產。希望妳願意盡量賣給我們多一點。」

達蒙先生低下頭。他明明不用這樣對我這種小丫頭深深行禮的。

不過，如果他霸道地要我送給他，我就會拒絕了。

「不用給我錢。只要你們願意答應我的請求就好。」

我要請他們幫我消耗掉野狼的庫存。

「妳的請求是什麼？」

「帶我到鎮上。」

「……只要這樣就好了嗎？」

「只要這樣就好。我不會作無理的要求。」

如果沒有克拉肯的話，我就會請他們推薦好的魚店給我了。總之先到鎮上再說吧。

「謝謝妳。」

真虧他們願意對我這種穿著奇怪服裝的小孩子道謝。這或許代表他們真的很煩惱吧。

「不說這些了，你們今天已經很累了吧。我會準備吃的，你們吃完飯就去休息吧。如果暴風雪停了，明天一大早就出發。」

我替兩人準備熱騰騰的食物。他們微微泛著淚光吃飯。住在鎮上的時候，他們應該沒吃到什麼東西吧。在這種狀態下登山，未免也太有勇無謀了。

吃完飯以後，我帶兩人到二樓的寢室。

我也回到自己的寢室鑽進被窩，消除今天的疲勞。

85 熊熊抵達密利拉鎮

我用風魔法將洞窟前的積雪吹走，外面已經放晴了。昨天的暴風雪就像一場夢一樣，天空一片晴朗。對前家裡蹲來說，陽光甚至有點刺眼。

我請夫妻倆先走出洞窟，自己將熊熊屋收進熊熊箱。

我走到外面，看到兩人費力地走在新雪上。

「優奈，妳的房子要怎麼辦？」

我們在昨天吃飯的時候混熟，稱呼就從「小姐」變成直呼名字了。我也覺得這樣比較自在。

「既然是用魔法變出來的東西，就收得回來。」

「優奈真的是個很厲害的冒險者呢。」

「我只是普通的冒險者啦。」

雖然我自己這麼說有點奇怪，這些話聽起來還真可疑。

要是有其他冒險者會穿著這種熊熊服裝，一個人跑到雪山，還能用魔法收放房屋，我還真想看看。

「那麼，我要叫出昨天晚上說明過的召喚獸了，不要嚇到了喔。」

昨天吃飯的時候，我說過關於熊緩等召喚獸的事情了。我伸出雙手，召喚熊緩與熊急。

「……真的有熊跑出來了。」

「要騎到牠們身上嗎？」

兩人很驚訝地看著突然出現的熊緩與熊急。

「達蒙先生和尤拉小姐兩個人就騎名字叫做熊緩的黑熊吧。」

「牠不會攻擊我們吧？」

兩人戰戰兢兢地靠近熊緩。

「只要別對牠們做壞事或說壞話就沒問題。」

「說壞話，牠們聽得懂人話嗎？」

「聽得懂喔。熊緩，蹲下來讓他們兩個人坐上去吧。」

聽到我的話，熊緩坐了下來。看到熊緩聽從我的命令，達蒙先生啞口無言。

「那個……熊緩……拜託你了。」

達蒙先生這麼請求，熊緩就叫了一聲來回應他。

「好厲害，牠真的聽得懂人話。」

達蒙先生騎到熊緩的背上。

「尤拉小姐也坐上去吧。我們要出發了。」

尤拉小姐點點頭，坐到丈夫達蒙先生的身後。兩人坐好後，熊緩便慢慢站了起來。

大人的話，熊緩或熊急應該最多只能載兩個人。

「我想應該不會掉下去，但你們還是要抓緊喔。」

我也騎到熊急身上，朝城鎮出發。前進的速度偏慢，一開始用步行的速度前進，習慣之後再慢慢加快速度。因為這裡是雪山，所以速度沒辦法像平地那麼快，但還是比人走路更快。

「要稍微加速了喔。」

山上的天氣非常多變，有可能會像昨天一樣吹起暴風雪，所以我稍微加快登山的速度。我用火魔法一一打倒出現在路上的冰雪人。

有熊緩在應該就沒問題，但如果夫妻倆被攻擊就糟糕了。

「這麼簡單就……」

「好厲害。」

兩人在遇到我之前如果發現魔物，似乎會躲起來或是改變路線。也是啦，冰雪人沒辦法用敲的打倒，一般人是無法對付的。前進一段時間後，我們來到山的另一側。遠方有一片湛藍的大海。

喔喔，那就是我朝思暮想的海邊。

只要下了這座雪山，就有大海正在等著我。雖然克拉肯也一起等著。我一點也不想要這種組合商品。如果贈品只有大海就好了。克拉肯可以消失的話就再好不過了。

可是，就算從這裡可以看到海，也不表示距離很近。雖然看得到，卻很遠。感覺就像是從富

士山上往下走的距離吧。

身為家裡蹲的我根本沒有爬過富士山。這終究只是看電視所得到的感想。而且我實在不覺得以自己這種家裡蹲的體力能夠爬上富士山。我真的應該好好感謝熊緩牠們才行。

好了，朝著大海出發吧。

我們騎著熊緩和熊急從雪山的山頂附近往下奔馳。騎著熊緩的兩人從剛才開始就一直在大叫。像是「停下來」或是「好快」、「要死人了」之類的話。

不過，我們跑下斜坡的速度相當快，所以這也沒辦法。雖然我沒有坐過，但雲霄飛車大概就像這種感覺吧？

過了幾個小時後，我們來到山腳下。當然了，途中也有穿插休息時間。

「你們兩個沒問題吧？」

「是，還可以。」

「沒……沒問題。」

兩人一開始會大叫，卻在途中開始安靜下來，拚命地抱住熊緩忍耐著。

「可是，一想到我們花了多少時間爬上那座山就覺得有點哀傷。」

達蒙先生看著我們走下的山脈。我也來到很遠的地方了呢。不過，我能夠來到這裡也是多虧有熊緩牠們。

下了山，我們在中途爬下熊緩與熊急，用走的前往城鎮。

達蒙先生和尤拉小姐說騎著熊緩牠們到鎮上會嚇到人，所以最好不要。熊在一般人的眼中果然是一種凶猛的動物吧？

然後，我們在太陽下山以前就抵達城鎮了。

「真的只花一天就回來了。」

兩人低聲說著自己原本那麼辛苦到底是為了什麼。

來到城鎮附近以後，有海風吹了過來。總算有來到海邊的感覺了。遊戲中也有海邊，但會遇到魔物。不過，這個世界也有魔物，所以沒什麼差別。

我們接近城鎮，遇到了一個男人。

「達蒙，你回來了啊！」

「是啊，我們差點死掉的時候，這個小姑娘救了我們。」

男人望向我。

「嗯，熊？」

「我是冒險者優奈。」

我把公會卡拿給他看。

「……冒險者？」

他好像很驚訝有個打扮成熊的小丫頭自稱是冒險者。他來回看著我和卡片好幾次。也是啦，一般人都不會覺得穿著熊熊服裝的女孩子是冒險者。

「真的嗎？」

「真的。」

「是啊，她還打倒路上的魔物，護衛我們回到這裡。人不可貌相，她是個很強的冒險者。」

聽到達蒙先生的一番話，男人一臉不可思議地看著我。

「對了達蒙，你們有去成克里莫尼亞城嗎？」

達蒙先生搖搖頭。

「我們在途中就累倒了。當時是她救了我們。」

「這樣啊，熊姑娘，謝謝妳救了達蒙他們。」

「我只是在過來的路上發現他們而已，不用放在心上。」

「是嗎。我想妳應該從達蒙那裡聽說過關於鎮上的事情了，不過歡迎妳來。」

說完，他放我們進入城鎮。

「優奈，妳接下來要怎麼辦？」

「今天已經很晚了，我要早點睡覺，迎接明天。所以，如果你們可以幫忙介紹旅館就幫了我大忙。」

「旅館啊……有可能不會提供餐點喔。」

「沒關係。我有帶食物，只要可以提供睡覺的地方就好。」

如果不行的話，我還有找個偏僻的地點放熊熊屋的方法。

「那樣的話，優奈，妳也可以不要住旅館，來我們家住就好。」

「嗯~不用了。你們這麼久沒有見到家人，不需要對我這麼客氣。」

「可是，妳給了我們那麼多食物。」

我昨天將野狼肉和麵粉、蔬菜放到道具袋裡面交給他們了。

這兩個人連道具袋都沒有，就出發去克里莫尼亞採購了。一想到就算到得了克里莫尼亞，他們也要揹著買來的食材爬上那座山脈，我就覺得他們實在是太魯莽了。

這或許代表他們真的是走投無路了吧。

「只要帶我認識城鎮當作謝禮就好了。」

兩人曾想要用錢來交換食材，但被我拒絕了。

雖然我一開始婉拒讓他們帶我到旅館，他們卻說「這點小事就讓我們幫忙吧」。兩人忍耐著想要早點把糧食帶回去給家人的心情，帶著我前往旅館。

我們進到城鎮中走了一陣子，街上卻沒什麼活力。路上的行人很少。就算是接近日落的時間，這樣的人潮還是很少。大廣場也沒有人。相對之下也很少人會用異樣的眼光看我的打扮，我

倒是比較輕鬆。

「本來這裡會有很多攤販的。」

尤拉小姐很失落地說道。

「克拉肯害得漁民無法捕魚，大家都作不成生意了。」

「因為沒有船來，附近城鎮的人都沒辦法過來。」

「你們說過捕到的魚是由商業公會管理對吧？」

「是啊，那些傢伙就連在這種狀況下也滿腦子只想著賺錢。」

聽說公會雖然在表面上會分配漁獲，背地裡卻是優先提供給付錢的人。

可是，我對商業公會的想像就正是如此。摩擦著雙手，說「這個有錢賺嗎？」之類的話。

我在克里莫尼亞認識的商業公會職員也是一提到跟買賣有關的事情就很囉唆。不過，也是因為這樣才能讓店家生意興隆。

「達蒙！」

我們朝旅館走去的時候，有呼喚達蒙先生的聲音從後方傳來。我們回過頭，看見一名和達蒙先生差不多年紀的男人走了過來。

「傑雷莫？」

「你什麼時候回來的？」

「才剛回來。」

「這樣啊，聽說你要翻越山脈去克里莫尼亞城的時候，嚇了我一大跳。」

「因為食物只剩下一點點了啊。」

「真的很遺憾。對了，這個穿著奇怪衣服的小姑娘是誰？」

男人的視線從達蒙先生移到我身上。

「她是優奈，一個冒險者。她救了倒在雪山上的我們。後來，她還把食材分給我們，送我們回到鎮上。」

「冒險者……你說這個打扮成熊的小姑娘嗎？」

「優奈，我介紹一下。他是在商業公會工作的傑雷莫。」

「黑心商業公會的？」

「這傢伙是比較好的那種。」

「什麼比較好的那種，你也不必這麼說吧。」

「這麼說總比被當成是那些人的同夥好吧。」

「是沒錯啦。我再自我介紹一次，我是傑雷莫。姑且算是商業公會的員工。」

可能是好奇我的裝扮，他一直盯著我看。

「我是優奈，姑且算是冒險者。關於熊的打扮，就算你問我，我也不會回答的。」

我搶先一步開口，傑雷莫先生就閉上嘴巴了。就算他問我各種問題，我也無法回答，最重要的是很麻煩。

「算了，謝謝妳救了達蒙。對了，妳是為了什麼才翻越雪山過來的？」

「我是來看海的。」

「……只為了這個目的就翻越了那座山嗎？」

他對我的回應感到很傻眼。

雖然看海也是一個目的，最大的目的卻是海裡的食材。

「這麼小的女孩竟然跨越了那座山，真是不敢相信。」

「嗯，獲救的我也很難相信，但我看過她輕鬆打倒魔物的樣子。」

「喔，那還真厲害。」

「如果小姑娘這麼強，能不能和前幾天過來的冒險者合力打倒盜賊？」

「冒險者？」

「是啊，前幾天有階級C的冒險者隊伍經由幹道過來這裡。」

「是嗎？」

「嗯，問題是我們公會的會長說要跟他們談談。他們搞不好會被延攬進商業公會。而且有很多人都想要離開鎮上。他們說不定會接下護衛的工作而離開。」

「是啊。如果那個隊伍裡是好的冒險者就好了。」

我們陷入短暫的沉默。

「那麼，我要回去工作了。熊姑娘，我建議妳不要待在這個城鎮太久。」

我們和傑雷莫先生在岔路道別。

86 熊熊來到冒險者公會

「優奈，這裡就是旅館。」

夫妻倆帶我來的旅館比想像中更大。

「因為也有其他城鎮的人會搭船來這裡採購漁獲。現在沒有人會過來，所以應該有空房。」

兩人先走進旅館，我也跟了上去。

「迪加先生在嗎？」

「是達蒙啊。」

我一進到旅館裡，就看到一個皮膚黝黑的肌肉男坐在櫃台。我和肌肉男四目相交。

「肌肉？」

「熊？」

我們互相說出對方的特徵。

好發達的肌肉。他有一種身為大海男兒的威嚴。

「達蒙，這個打扮成熊的可愛小姑娘是誰？」

「她是我們的救命恩人，在我們前往克里莫尼亞的路上救了我們。」

「什麼救命，太誇張了吧。」

「是真的。是她救了倒在雪山上的我們。後來，她還護送我們回到鎮上呢。」

「這個熊姑娘把你們……」

「對了，她想要住宿，現在還有空房嗎？」

「房客只有前幾天來的一群冒險者。空房多得是。」

「那麼，可以讓這女孩住宿嗎？」

「嗯，當然沒問題。不過，我們沒辦法供餐。我想妳應該聽達蒙說過了，這個城鎮有糧食危機。雖然這麼說很難聽，但我們沒有多餘的食物可以給外地人吃了。」

我還有莫琳小姐做給我的麵包和其他食物，所以我沒有任何關於食物的問題。

「如果妳有食材的話，我們可以幫妳做，怎麼樣？」

既然對方都這麼說了，我就請旅館幫我做吧。雖然吃不到海鮮很可惜。

我從熊熊箱裡取出肉、蔬菜、麵粉等食材，放在肌肉男面前。

「那麼，就拜託你們用這些做了。」

「這麼多？」

「我不知道會在這裡待多久，麻煩你們做美味的餐點了。如果不夠再跟我說吧。」

「好，我知道了。那麼，我們馬上準備飯菜。可惜沒辦法請妳吃好吃的魚料理。我叫做迪加。」

「我叫做優奈。」

「嗯，多多指教，熊姑娘。」

我都自我介紹了，為什麼不用名字叫我呢？

再繼續擴散出去，「熊姑娘＝我」的方程式就要傳遍全世界了。實際上在克里莫尼亞城，「熊女孩＝我」的方程式就已經成立了。

達蒙先生他們回家去，我則請旅館幫忙準備飯菜。料理的味道是從外表無法想像的美味。我吃飽喝足，請旅館的人帶我到房間。

因為有很多空房，所以旅館讓我用原來的價格住進最大的單人房。

這裡有充分的空間讓我召喚熊緩牠們。我坐到床上，拿出熊熊電話。菲娜可能正在擔心我，所以我要聯絡她。

『優奈姊姊？』

熊熊電話只響了幾聲，菲娜就接起來了。

「菲娜。我已經順利抵達這邊了。」

『真的嗎，太好了。』

就算隔著熊熊電話，我也可以感覺得到菲娜安心的樣子。她這麼替我擔心，讓我很高興。

『那海邊漂亮嗎？』

「嗯，很漂亮喔。」

雖然我只有從山上看到。

『好好喔。我也好想看看。』

「如果堤露米娜小姐同意，下次一起來吧。」

『真的嗎！』

不過，那也得等盜賊和克拉肯消失才行。因為不想讓菲娜擔心，我沒有說出盜賊和克拉肯的事，以及城鎮陷入糧食危機的事。我只告訴她自己會暫時在海邊逛逛，晚一點再回去。

夜也深了，我決定長話短說。

「那就這樣，有什麼事儘管聯絡我沒關係。」

『好的。也請優奈姊姊不要太勉強。』

早上起來後，我發現床上有大顆的黑色包子和白色包子。我疑惑地仔細一看，發現是變成小熊的熊緩和熊急窩在床上睡覺。我想起自己昨天晚上為了防範未然而召喚出牠們的事情。這裡有個十五歲少女正在睡覺，這點防備心是必要的。

可是，熊緩牠們雖然睡得很香甜，有人來的時候應該會叫醒我吧？

我很信任你們喔。我溫柔地撫摸著正在睡覺的熊緩與熊急。

熊緩與熊急看了撫摸牠們的我一眼，然後小小地打了一個呵欠，又馬上窩起身體。我把牠們召回，從床上站起來。我從白熊裝換回黑熊裝，走向一樓的餐廳。

「妳起得真早。早餐已經準備好了。」

肌肉男迪加先生拿早餐給我。果然很好吃。

這間旅館有肌肉男的老婆和長得像媽媽的一對兄妹。兄妹倆的年紀都比我大，聽說兒子會幫忙旅館的工作，同時也是漁夫。旅館的餐點本來都是用兒子捕的魚來做料理，現在卻沒辦法出海，所以他會在旅館幫忙。

女兒的年紀應該比我稍微大一點。她會負責打掃、洗衣、準備餐點和幫媽媽的忙。看到他們兄妹倆，我覺得幸好他們長得不像肌肉男。真得感謝他老婆的基因。

「味道怎麼樣？」

「很好吃。」

「那太好了。可是，連我們也分到妳的糧食，沒關係嗎？」

「因為你們讓我住到一間好房間嘛。」

據迪加先生所說，有些家庭的糧食已經快要見底了。雖然街坊鄰居也會互相分享，但好像也已經瀕臨極限了。

「可是雖然少，不是還有商業公會的配給嗎？」

「哼！他們表面上好像有配給，背地裡卻會把糧食優先分給有付錢的居民。」

尤拉小姐他們也說過同樣的話呢。那樣的話，提供糧食給其他的地方應該比較好吧？

「這麼說來，你們拿不到糧食嗎？」

迪加先生搖搖頭。

「雖然冒險者公會會到山裡狩獵野狼和動物來發放，量卻很少。」

「冒險者公會還會做那種事啊？」

「是啊，他們幫了很多人的忙。」

看來商業公會是垃圾，冒險者公會還比較正派。

我走出旅館，前往從迪加先生那裡問到的冒險者公會所在地。我馬上就找到公會在哪裡了。規模比克里莫尼亞城的冒險者公會還要小。

我作好被冒險者找碴的心理準備，走進公會。我一進門，所有冒險者的視線就聚集到我身上……並沒有。

「一個人……也沒有？」

「哎呀，真失禮。人就在這裡啊。」

我望向聲音傳來的方向，發現一個暴露狂。受到強調的豐滿胸部、露出肌膚的腰部、短裙。女人坐在椅子上，大白天就開始喝酒。

「可愛的熊熊來這種冒險者公會有什麼事嗎？」

「這裡是冒險者公會沒錯吧？」

我誤闖大人的店了嗎？

「是啊。」

這裡好像真的是冒險者公會。

「那為什麼公會裡會有暴露狂？」

「哎呀，真失禮。這就是我的便服。男人很愛看呢。」

她說著，強調自己的胸部。這是現在只有單薄胸膛的我辦不到的技巧。再過幾年應該就做得到了吧。

「可是，願意看的男人，應該說冒險者一個也不在耶。」

「怎麼可能會在嘛。熊熊沒有聽說這個鎮上發生的事嗎？」

「我知道居民因為克拉肯和盜賊出沒的事情很困擾。而且，我還聽說高階冒險者和一部分的鎮民一起逃走了，低階冒險者還留在鎮上。」

這裡沒有任何人。

「大致上沒錯。只不過，剩下的冒險者都在商業公會。」

「冒險者在商業公會？」

「雖說階級低，他們還是能夠狩獵低階的魔物或動物。因為有人會高價收購這些糧食，所以幾乎所有的冒險者都跑到那裡去了。」

原來如此，比起冒險者公會，賣給商業公會才能賺錢啊。也就是說，冒險者選擇了錢而不是巨乳。我不會說出口就是了。

「冒險者公會不會高價收購嗎？」

「哎呀，妳要我和那種人做同樣的事嗎？」

女人瞪視般看著我。

一瞬間，我忍不住因為她的銳利目光而不知所措。

「呵呵，開玩笑的。妳不用這麼害怕。那麼請問可愛的熊熊來冒險者公會有什麼事呢？」

「我聽說糧食不夠，所以來捐獻了。我好歹也是冒險者。」

「妳是冒險者？呵呵……啊哈哈哈哈哈……我好久沒大笑了。妳這個熊姑娘是冒險者？啊哈哈哈！」

她看著我笑了好幾次。

「我是啊。」

女人邊笑邊喝酒。我可以理解她的心情，但也沒必要笑成這個樣子吧。

「對不起。我沒想到穿著這種可愛熊熊衣服的女孩子會是冒險者。為了確認，可以讓我看看公會卡嗎？」

「妳是？」

「啊，我還沒有自我介紹呢。我是這個城鎮的冒險者公會會長，阿朵拉。」

沒想到暴露狂就是公會會長。公會缺乏人才嗎？我將公會卡交給阿朵拉小姐。

「沒有其他職員嗎？」

「公會可沒有閒到連鎮上遇到這種狀況時都還能偷懶喔。」

妳不是閒到有空喝酒嗎？

「有戰鬥經驗的人到山裡獵捕糧食，有能力的人去附近的城鎮談冒險者的派遣事務，其餘的人則是去肢解魔物和動物，還有配給糧食了。」

迪加先生也說過同樣的話。冒險者公會會配給自己取得的食材。

「我想妳應該聽說了，現在正在鬧糧荒。有很多居民都在煩惱沒東西吃。公會不能對他們見死不救。我們會盡量做到自己能做的事。」

儘管外表看不出來，她卻是個會為居民盡心盡力的公會會長。

阿朵拉小姐走進公會的櫃台，把我的公會卡放到水晶板上操作。

「冒險者階級D……名字叫優奈。」

阿朵拉小姐讀出我的冒險者階級和名字。

「這是……」

她瞇著眼睛閱讀水晶板上浮現的文字。從我的位置看不到上面寫了什麼。

「魔物……狩獵……虎……黑……盜賊……委託達成率百分之百……」

她用我幾乎聽不見的細小音量喃喃低語。從我聽到的片段來看，她應該是在看我狩獵過的魔物。阿朵拉小姐看著我的公會卡顯示在水晶板上的內容，整個人愣住。

「真不敢相信……妳到底是什麼人？」

「冒險者啊。」

我除此之外沒有別的答案。

「單獨狩獵哥布林群，狩獵哥布林王、虎狼、黑蝰蛇、盜賊。委託達成率百分之百。真是不敢相信。」

這是事實。

「妳真的是一個人辦到的嗎，我實在是很難相信。」

阿朵拉小姐瞇起眼睛，用懷疑的眼神看著我。

「看起來不像呢。」

嗯，一般人都不會覺得穿著熊熊服裝的女孩子辦得到。

「光是這些就很難以置信了，竟然還有這種東西……」

阿朵拉小姐就像是見到什麼離奇的事物一樣看著我的公會卡資料。

另外還有什麼驚人的情報嗎？上面應該不會記載一萬隻魔物的資訊。經過和莎妮亞小姐的討論，那已經決定不記錄到公會卡裡面了。

「還有什麼嗎？」

我很好奇，所以試著發問。

「是啊，有個只有公會會長能瀏覽的項目。」

她說到這裡，再度望向我。

「上面蓋著艾爾法尼卡王國的印記。」

「艾爾法尼卡的印記？」

我還是第一次聽到。

「妳說的艾爾法尼卡的印記是什麼東西？」

「就是國王最為信賴的冒險者或商人能夠獲贈的印記。據說為國家奉獻，留下偉大功績的人才能夠得到。妳應該沒有謊報年齡吧？」

「我是十五歲的少女。」

我從來不知道自己的公會卡已經被印上那種東西。蓋上印記的人一定是國王。既然是印記，除此之外沒有其他可能性。我想應該是在公會卡上輸入城堡通行證的時候擅自加上的。如果要蓋那種印記，真希望他們可以事先知會我一聲。

「妳在艾爾法尼卡王國做了什麼？」

肯定是一萬隻魔物的事。可是，我不可能把這件事說出來。

「我只是幫助了一些人而已。」

我沒有說謊。對於我的回答，阿朵拉小姐瞇起眼睛，用懷疑的眼神看著我。

「妳該不會是王室成員吧？」

「才不是呢。我只是普通的冒險者。」

怎麼可能會有打扮成熊的王室成員嘛。

可是照這樣看來，我每次去其他城市的公會都會引發騷動嗎？

「這個情報能不能刪除？」

是不是一定要拜託國王呢？

「妳……妳在說什麼啊！怎麼可能刪除。這可是艾爾法尼卡王國的印記啊。」

「像這樣驚擾到別人會造成我的麻煩。」

「那就不必擔心了。只有公會會長可以看到印記，正常使用的情況下是不會被任何人發現的。可是，如果妳在公會遇到麻煩事，只要把印記拿給會長看就可以得到相當優惠的待遇喔。」

或許就類似以前的時代劇中出現的印籠吧。

「可是，要是公會會長說出去不就沒有意義了嗎？」

「一般來說不會有那種事的。只有公會會長能夠看到的項目就是機密。要是洩漏出去，會被質疑身為會長的資格的。」

那應該沒問題吧？

不過如果是阿朵拉小姐，搞不好會在喝醉的時候說溜嘴。

「雖然妳的打扮很奇特，但我們非常歡迎實力堅強的冒險者。」

她伸出手，所以我用熊熊玩偶手套跟她握手。和剛才的態度不同，她表示歡迎。

「對了，妳來冒險者公會有什麼事，該不會是要幫忙擊退盜賊吧？」

「那也是可以啦。剛才也說了，我今天只是來提供糧食的。我聽鎮上的人說，冒險者公會好像比商業公會好。」

「哎呀，妳這麼說真令人高興。」

「野狼可以嗎？」

「當然了。現在就算只有一兩隻也能幫上忙。」

我有五千隻。

「賽伊！賽伊在嗎？」

阿朵拉小姐往後面的房間喊道。

「有什麼事嗎？」

一名男性職員從後面的房間走出來。

「賽伊，糧食的情況怎麼樣？」

「情況不太樂觀。我們會優先分配給有年長者和小孩的地方，但這部分也快要不夠了。」

「這樣啊，這女孩會提供野狼，拜託你了。」

名叫賽伊的男性職員望向我。

「會長，這位穿著可愛服裝的女孩是誰呢？」

「她是冒險者優奈。她好像是昨天才來到這個鎮上的。」

「冒險者啊。我是在冒險者公會工作的賽伊。請您多多指教。」

職員沒有拘泥於我的外表，很有禮貌地對我打招呼。明明是第一次見面，他卻沒有問我關於熊的事。

「那麼，請問您真的願意提供野狼給公會嗎？」

「嗯，我還有其他的東西，可是野狼是最多的。」

熊熊箱裡裝著打倒一萬隻魔物時拿到的野狼。數量多到根本消耗不完。

「您幫了大忙。」

他低下頭對我道謝。

「那麼，我想拿一千隻左右的野狼出來，有地方可以放嗎？」

我不知道鎮上有多少人口，所以試著說出我覺得足夠的數量。其實有蔬菜或麵包等食物會更好，但我沒有帶那麼多。

「……妳剛才說什麼？」

不知怎地，兩人都呆呆地張大了嘴巴。

「有地方可以放嗎？」

「不是啦，妳剛才是不是說一千隻？」

一千隻對遇到糧荒的居民來說不夠嗎？

「如果不夠的話，我拿兩千隻出來好了。」

「不是啦，為什麼妳會有那麼多！更重要的是到底放在哪裡！」

「我只是帶著自己打倒的魔物而已。我有一個可以裝很多東西的道具袋。」

我老實回答，沒有說謊。

「對了，妳還有印記呢。我總算稍微理解其中的意義了。」

「印記？」

賽伊先生反問。

「沒什麼。」

為了不要被繼續追問下去，阿朵拉小姐打斷了與賽伊先生的對話。

「優奈，妳真的有的話，拿一百隻就好。我們就算拿一千隻也肢解不完。」

她說得沒錯。我不知道公會有多少職員，但肢解一百隻應該也需要一段時間。以常識來思考，一千隻實在不是肢解得完的數量。

可是，如果只有一百隻，我就沒辦法消耗野狼的庫存了。

「賽伊，帶她到倉庫吧。然後，請所有職員肢解野狼，再分配給居民。」

「啊，對了。請不要把我拿野狼給公會的事情說出去喔。」

「為什麼？」

「我不想引人注目。」

聽到我這麼說，阿朵拉小姐和賽伊先生重新看著我的打扮。我很清楚他們想說什麼。可是，

因為外表而引發騷動和因為提供糧食而引發騷動是兩回事。搞不好會有人為了得到糧食而聚集到

我這裡來。我可沒有辦法一一應付他們。

「了解。賽伊，關於她的事情要保守祕密喔。」

「我明白了。優奈小姐，請往這邊走。」

賽伊先生回應，然後帶領我來到倉庫。

「麻煩您放在這邊的地板上。」

我從熊熊箱裡取出野狼，在職員帶我來的倉庫地板上堆積成一座小山。

「真的非常感謝您。這對我們很有幫助。」

「不夠的話再告訴我吧。」

因為我想消耗庫存，我在心中默唸最後這一句話。

雖然我很遺憾野狼的庫存消耗得比想像中少，但賽伊先生說「如果您還願意提供的話就再拜託您了」。我好像還有機會可以消耗。

把野狼交給冒險者公會以後，我決定到鎮上逛逛。總而言之，我往自己來到這個城鎮的最大目的——海邊前進。

老實說如果有市集之類的地方，我想要買一些海鮮。現況看來是沒辦法了。如果我擅自釣魚，應該會被罵吧。要是做出那種事，把克拉肯引過來的話就麻煩大了。

我朝海邊走去的時候，看見尤拉小姐出現在前方。

「尤拉小姐，妳要去什麼地方嗎？」

「我昨天不是有約好要帶妳到鎮上參觀嗎？可是我到旅館就聽說妳出門了，才跑出來找妳的。」

「不好意思。我跑去冒險者公會了。」

我並不是忘了，只是很在意鎮上的糧食問題，所以一個人跑去冒險者公會了。

「如果妳接下來有空的話，我可以帶妳參觀鎮上。怎麼樣？」

我決定心懷感激地接受尤拉小姐的提議。

「對了，優奈妳剛才打算去哪裡？」

「我想說先去海邊看看。」

「那我來幫妳帶路吧。之後要怎麼辦，妳有什麼想去的地方嗎？鎮上的狀況就像妳看到的一樣，什麼都沒有。」

「如果有賣魚的地方，我想去看看。」

現在應該沒有市集之類的場合吧。

「漁獲由商業公會管理，所以要買就要去商業公會了。付錢說不定買得到，但價錢很離譜喔。」

也對，現在幾乎是捕不到魚的狀態，價格居高不下也沒辦法。我有錢可以買，但我可不能只因為想吃海鮮這種理由就買走鎮上所剩不多的糧食。

「話說回來，達蒙先生呢？」

「達蒙去把妳給我們的食材分送給認識的人了。」

「沒問題嗎，還夠不夠？」

「暫時是沒有問題。我們彼此都會交換不多的食材。」

「如果不夠的話請告訴我喔。」

我也要努力消耗野狼的庫存才行。

走了一陣子，我就可以看見海岸了。視野被廣大的海洋填滿。藍天碧海。這片海域平靜得不像是有克拉肯出沒。我往左邊望去，看見許多漁船停泊在港口。要不是有克拉肯，應該就會有很多漁船出海了吧。

「尤拉小姐的船也停在那裡嗎？」

「是呀，就在那裡。因為有克拉肯出沒，所以不能出航就是了。」

「牠會出現在哪裡附近？」

我指著眼前的一片海洋。這片看似寧靜又平穩的大海不像是有克拉肯出沒的海域。

「並沒有固定的地點。出發到遠洋的船一定會受到攻擊。在附近捕魚的人也曾經被攻擊過，所以沒辦法一概地說牠會出現在哪裡。我以前也說過，牠曾經來到城鎮附近，可以說是在哪裡都會出現。」

我現在並沒有能夠打倒克拉肯的方法。我沒辦法在海上戰鬥。我既不會飛，也不會潛水。遊戲裡有可以在水中呼吸的道具，也有玩家能靠技能像人魚一樣在水裡游泳。

可是，這裡沒有能在水中呼吸的道具，沒有能像人魚一樣游泳的技能，也沒辦法在天上飛行。以我所擁有的力量，是無法打倒克拉肯的。

如果可以在地面上戰鬥的話，我就能用魔法做出巨大烤魷魚了。可是，強求這種事也沒有用。就算是熊熊裝備，也沒辦法在海中戰鬥。我只能祈禱高階冒險者或軍隊會有所行動了。

我們看著海，在沿岸散步。

然後，我們漸漸看得見海灘了。那裡會不會有蛤蜊之類的生物呢？

如果有味噌的話，真想喝到蛤蜊味噌湯。我真的很懷念日本料理。

如果我出錢的話，會不會有高階冒險者願意來狩獵克拉肯呢？我一邊想著這種事，一邊走在沙灘上。沙灘的前方有一座懸崖。

「優奈，那個懸崖後面會有盜賊出沒，妳不可以過去喔。」

尤拉小姐叮嚀我。我一個人走過去的話，他們會襲擊我嗎？如果他們主動襲擊，我就可以省下尋找他們的力氣了。

後來，我跟著尤拉小姐參觀鎮上，直到太陽下山。途中經過冒險者公會的時候，我們看到有人正在發放我提供的野狼肉和其他食材。

87 熊熊在不知情時遭人怨恨

「這是怎麼回事！」

我對辦公室裡的部下怒吼。

「為什麼冒險者公會會有大量的野狼肉！」

「應該是他們打倒的吧？」

一名部下回答。

「你是白痴嗎！怎麼可能在一兩天內打倒那麼多？」

淨是些蠢貨。根本就不會思考。

「會長，該不會是因為前幾天來的冒險者吧？」

幾天前的確有冒險者的隊伍來到鎮上。那是兩名劍士加上兩名魔法師組成的四人隊伍。因為階級高，所以我問他們是否要協助我，他們卻給我拒絕了。現在想起來還是很令人火大。而且，擔任隊長的男人竟敢帶著三個年輕貌美的女人。

那些冒險者有可能提供糧食給冒險者公會。可是，我得到的情報指出他們已經在幾天前前往城鎮外頭了。

唯一的疑問就是他們是怎麼準備那麼多野狼肉的。

「等他們回來，要抓住他們嗎？」

「哪裡有人可以抓住階級C隊伍的冒險者啊。先思考過再開口！」

真的淨是些蠢貨。要是辦得到那種事，我一開始就做了。就是因為辦不到才會演變成這種狀況。一想到部下連這種事都不知道，我就感到頭痛。

「總之，給我去調查冒險者公會是怎麼拿到大量野狼肉的！」

我怒吼，部下們就飛也似的離開辦公室。

有沒用的部下真是累人。

「可惡，我原本打算再賺一個月，就要遠離這個偏僻的小鎮了。」

五年前，我當上這個城鎮的商業公會會長。

我本來是大城市的商業公會職員。我聽說可以當上公會會長才答應，地點卻是這種偏僻的小鎮。即使如此，我也努力了五年。我欺騙居民，存下一筆錢。我為了回到大城市而努力到現在，卻因為克拉肯的出現而前功盡棄。

船隻無法出海，漁民無法捕魚，愚蠢的鎮長還帶著財產逃跑了。連居民這些搖錢樹都想要逃走。搖錢樹繼續減少會造成我的困擾。

所以，我用錢僱用流氓冒險者，叫他們扮演盜賊。

那些冒險者大概也打算離開這種有克拉肯出沒的城鎮吧。可能是想要在離開前賺錢，他們很

容易就被我說動了。

僱用流氓的我叫他們假扮盜賊，阻止居民逃出城鎮。即使如此，還是有一部分的居民僱用冒險者逃走；但是盜賊的事情一傳開，就再也沒有人敢逃了。

唯一能夠移動的道路被盜賊阻擋；海中有克拉肯，所以無法出海。剩下的路就只有難以翻越的山脈而已。居民必然會留在鎮上。

我只讓一部分的漁夫在沿岸捕魚，再全部自己管理。

我假裝平等分配漁獲，以高於一般價格的金額販售。想要更多食物的人就算要花錢也會來買。我只施捨一點點給不花錢的人。如果不給的話就會引發暴動，所以分寸的拿捏是很困難的。

就算有人想要逃跑，我也會命令盜賊搶走他們的財產。逃走會被奪走財產，留下也會被奪走財產。就像這樣，我原本打算再搾取一個月就要離開這座城鎮了。可是，冒險者公會竟敢免費發放野狼肉。

因為這樣，開始有笨蛋要商業公會便宜賣或是免費贈送食材。要是不快點處理，我不只會沒錢賺，居民也會開始抗議。

總而言之，要是不查明野狼肉的來源，我就什麼都做不到。

某天晚上，部下把我想要的情報帶來了。

「熊應該很可疑。」

這麼報告的部下在我眼裡看來就是一個蠢蛋。突然說熊很可疑，這傢伙的腦袋沒問題嗎？

「你當我白痴嗎？」

「不，不是的。有一個女的打扮成熊的樣子。」

這個鎮上有作著那種奇怪打扮的傢伙嗎？

「經過調查，她似乎是前幾天一個人來到這座城鎮的。」

「她來的時候沒有被盜賊襲擊嗎？」

有護衛在嗎？如果有女人單獨走在路上，那些傢伙應該會襲擊她；還是說因為只有一個人，所以他們沒發現嗎？

「據說她好像是一個人翻越山脈過來的。」

「你是白痴嗎！難道你想說她越過了那座山？」

「因為是從負責守衛的男人那裡聽說的，應該沒有錯。根據男人所說的話，她好像救了想要翻越山脈的居民。隔天，有好幾個居民都有看到海岸邊有熊。後來，也有人看到她去了冒險者公會。」

根據報告內容，自從那個打扮成熊的女人到了冒險者公會，似乎就有野狼肉開始大量流入鎮上。如果她是實力足以翻越那座山的冒險者，就算是女人也能輕鬆打倒野狼。而且既然她能夠攜帶那麼大量的野狼，就表示她持有相當高級的道具袋。

這代表她是相當高階的冒險者嗎？

階級Ｂ，至少也有階級Ｃ吧。

我想要設法拉攏那個女人。只要這麼做，就能夠獲得野狼肉。

該怎麼辦才好呢？

「對了，那個女人長什麼樣子？」

「她是個十三歲左右的女孩，穿著可愛的熊造型服裝。」

「……啥，你說她大概幾歲？」

「她大概十三歲左右。」

「你在耍我嗎！難道那種小孩子一個人跨越了山脈，還帶來大量的野狼？」

「……是的。」

竟然是十三歲的小鬼。當我白痴嗎？那種小鬼要怎麼翻越山脈啊。給我稍微思考一下再報告！就是因為這樣，我才討厭笨蛋。

沒有更像樣一點的報告嗎！

不過，時間經過得愈久，部下也蒐集到愈多和熊有關的情報。

根據監視冒險者公會的人所說，野狼的素材似乎還有很多。有人確認到職員在倉庫進行肢解作業，再將肉搬到外面。

雖然關於熊女的事情很令人不敢相信，野狼肉的存在卻是事實。

如果不知道，再調查就行了。

「查出那個熊女在哪裡了嗎？」

「是的，她住在迪加的旅館裡。」

「那個肌肉男的旅館啊。」

有點棘手。可是，不能就這樣放任不管。

「那麼，找四五個冒險者今晚去偷襲她。」

我決定在深夜偷襲熊女。如果她持有野狼，搶過來就好。如果她沒有，就把她交給盜賊處理。那麼多人裡面，應該也會有喜歡小鬼頭的好事之徒吧。

總而言之，我要解決掉可疑的人。

不過，前往旅館的冒險者，一個人也沒有回來。

88 熊熊在旅館遇襲

和帶我參觀城鎮的尤拉小姐道別後，我回到旅館。今天的晚餐也是肌肉男幫我做的料理，讓我吃得小腹微凸。

飯菜雖然美味，但看得到大海卻吃不到海鮮料理讓我覺得有點悲哀。要不要到離城鎮遠一點的海邊釣魚呢？雖然我沒有釣魚的經驗，但或許可以用魔法釣到。

其實能夠打倒克拉肯是最好的，但我並沒有能夠打倒牠的方法。

從我走在鎮上所見的景象看來，情況很糟。居民沒有活力，漁夫無法出海。唯一的道路上有盜賊出沒，能吃的東西非常少。商業公會管理著海岸附近捕得到的漁獲，趁機中飽私囊。

明天再去一趟冒險者公會，向阿朵拉小姐問一下關於盜賊的事情比較好吧？

打倒盜賊的話，糧食問題說不定也能稍微獲得解決。

總而言之，我決定今天先上床睡覺。我的身邊有變成小熊的熊緩和熊急窩著身體睡覺。如果要在旅館等地方召喚，小熊化的技能就很方便。因為不占空間，牠們也可以和我一起在床上睡覺。

「發生什麼事的話要叫醒我喔。」

我撫摸熊緩和熊急的頭，躺在牠們中間進入夢鄉。

啪啪……啪啪。

某種柔軟的東西打在我的臉頰上。

啪啪……啪啪。

我撥開這個東西。

我碰觸到柔軟的毛皮。

毛毯？

我抓住毛毯抱緊。

嗯～好溫暖。軟綿綿的。

然後，有東西覆蓋住我的臉。

我撥不開。

我漸漸覺得呼吸困難，醒了過來。

「什麼！」

我坐起來，發現熊緩攀在我的臉上。熊急則是在我的臂彎裡。

「什麼，你們睡相這麼差？」

我這麼抱怨，熊緩和熊急就小聲地叫著「咿～」，然後望向房門。

「該不會是有人來了吧？」

熊熊們再度叫了一聲「咿～」。

如果是迪加先生一家人，熊緩牠們不可能叫醒我。

我使用探測技能，發現旅館裡有人正在移動。總共有四個人。

誰會在這種半夜裡過來？

這裡還有其他房客嗎？

探測技能的反應緩緩往階梯上移動。該不會是之前提到的階級C冒險者在這個時間回來了吧？

可是，我聽說那些冒險者現在並沒有住在這裡。

反應停在我的房間前面。我不記得自己做了什麼會遭到偷襲的事情。如果要偷襲的話，像公會會長那樣前凸後翹的女人還比較好。

總之為了應付他們，我走下床，讓熊緩牠們變大。

房門已經鎖上了，對方打算怎麼辦？

喀嚓。

門鎖很容易就被打開了。有備用鑰匙嗎，還是魔法？

房門緩緩打開。對方都入侵十五歲少女的房間了，我應該沒必要手下留情吧。

房門打開的瞬間，我只踏了一步就抵達門前，在開門的人臉上打出一記熊熊鐵拳。被揍的男人撞到通道的牆壁，失去意識。我順勢來到通道上，看見陰暗的走廊上有三個人。

為了看看他們的嘴臉，我放出光魔法。

「什麼！」

三人被突然亮起的光嚇到。而且，這三個人都拿著刀子。他們肯定是強盜沒錯吧。

「半夜找我有事嗎？」

「是妳提供野狼給冒險者公會的嗎？」

被發現了？

「如果是的話呢？」

「妳要乖乖跟我們過來。只要妳聽話，我們就不會對妳動粗。」

就算他這麼說，我也不可能跟這種可疑的人一起走。

「如果我拒絕呢？」

「我們會強行帶妳走。」

男人架起刀子。

他們的目的好像不是我，而是野狼呢。

嗯～就算我要公會職員保密，情報果然還是會洩漏出去呢。

如果現在不是半夜，我就會假裝被抓住，到他們的老大那裡痛揍他們一頓，結束這一切。可是我現在很睏。

我最痛恨的事情就是在睡眠、吃飯、玩遊戲的時候被打擾。所以，我決定快快打倒他們，回去繼續睡覺。

「就是這麼回事，我想要早點睡，所以要打倒你們。」

「什麼叫這麼回事啊！」

男人們握緊刀子，朝我撲過來。

熊熊鐵拳、熊熊鐵拳、熊熊鐵拳。

我使出奧義——熊熊鐵拳（就只是普通的熊熊手套拳頭）。

男人們發出有點大的聲音，倒在通道上。可能有點太大聲了。說不定會吵醒肌肉男一家人。

在這之前，我對男人們發問：

「為了確認，我姑且問一下。是誰派你們來的，你們打算帶我去哪裡？」

「我們不可能說的。」

嗯，真麻煩。我叫熊緩牠們過來。

恢復原本大小的熊緩和熊急勉強通過房門，來到走廊上。

「有……有熊！」

男人看到熊緩，臉上浮現驚嚇的表情。

「他們好像不想說實話，吃掉沒關係。」

熊緩和熊急慢慢靠近倒在地上的男人們。

「等……等一下！」

「我不等。」

熊緩壓到男人身上。然後，牠舔了男人一下。

「我說！我會說，不要吃掉我！」

「反正有四個人，吃掉一個人也沒關係。」

熊急也壓住另外兩個人，不讓他們逃跑。

只有一開始被我揍飛而昏倒的男人比較幸福。

「求求妳！」

「真拿你沒辦法。那麼如果你回答我的問題，我就阻止牠。」

男人被熊緩壓著，開始說話：

「對我們下指示的是商業公會的會長。」

商業公會啊。可是，我覺得自己應該沒有做過會被商業公會怨恨的事情。

「妳不是把大量的野狼交給冒險者公會了嗎？」

「為什麼你們會知道是我？」

我畢竟有要求保密。

「只要稍微調查一下，就會知道妳去過冒險者公會，同時也有大量的野狼被帶進冒險者公會的事。」

這麼說來，我並沒有偷偷去冒險者公會，所以會曝光也是沒辦法的吧。

「而且問過旅館的老闆以後，我們也發現妳有分食材給他。除此之外，我們也知道妳提供了食材給妳在雪山救助的鎮民。」

很多事情都曝光了呢。

「所以，你們就想要搶走我持有的野狼？」

「那也是目的之一，但會長也有指示我們把能夠搬運那麼多野狼的道具袋拿到手。」

目標是野狼和道具袋啊。

「已經夠了吧。我已經說實話了。放過我吧。」

「你在說什麼，你拜託的事情是『不要吃掉我』吧。你們偷襲我，我怎麼可能放過你們。現在去叫警備隊也很麻煩，你們就這樣待到早上吧。熊緩、熊急，如果他們打算逃跑，吃掉沒關係。」

我對熊緩牠們下指示，回到房間睡覺。

肌肉男一家人沒有醒來的跡象，明天早上再起來聯絡就可以了吧。

「等等，我們要維持這個樣子到早上嗎？」

「還有，如果他們想妨礙我的睡眠，也可以吃掉沒關係。」

兩隻熊壓制住男人，輕輕地叫了「咿～」的一聲。

「只要你們安靜一點，我就不會抓你們去餵熊，而是活著交給警備隊。」

我對男人們這麼說，他們就閉上嘴巴，安靜下來。

我回到房間，繼續睡覺。

隔天早上。

「嗚哇啊啊啊啊！為什麼會有熊！」

走廊上好吵。

「熊姑娘沒事吧！熊姑娘！」

我聽到有聲音在叫我。我慢慢回想起昨天晚上發生的事。

啊，對了。熊緩牠們還在走廊上。

我揉著惺忪的睡眼走出房間。

「小姑娘，妳沒事吧！不知道為什麼，我的旅館裡面有熊。」

肌肉男握拳擺好架式。他該不會是想要和我的熊打架吧？

未免太魯莽了。

「這兩隻熊是我的召喚獸，沒事的。」

「召喚獸，妳還能夠做到這種事嗎！而且那些被熊壓在下面的男人是怎麼回事？」

男人們的臉都沾滿了熊緩和熊急的口水。

「因為他們半夜偷襲我，所以被我抓起來了。」

「偷襲妳？」

「好像是商業公會的會長要求的。」

「妳說商業公會的會長？」

「所以，我想要把這些男人交給警備隊。」

「我勸妳不要。」

「為什麼？」

「鎮長已經逃走了，負責管理警備隊的是商業公會。如果要交的話，交給冒險者公會比較好。」

肌肉男的兒子幫我聯絡了冒險者公會。

我趁這段時間召回熊緩牠們，請肌肉男用繩子把熊緩牠們壓住的男人們綁起來。過了一陣子，兒子就帶著公會職員回來了。

「為什麼阿朵拉小姐會在這裡？」

阿朵拉小姐和公會職員一起出現。可是，她並非穿著暴露的服裝，而是在肩膀上簡單披著一件上衣。就連她也不會穿成那個樣子外出。而且那樣看起來很冷。

「當然是因為聽說妳被偷襲了啊。所以，偷襲優奈的笨蛋到底是哪些傢伙？」

我指著被繩子綁住，筋疲力盡的男人們。

「就是他們？」

她靠近男人們。

「我記得你是德洛伊吧。」

她說出其中一名冒險者的名字。

「會長……」

「你還真是墮落到極點了呢。」

「我……」

「有話到冒險者公會再說吧。」

阿朵拉小姐指示同行的職員帶走嫌犯。

「對了，優奈沒有受傷嗎？」

「我沒事。因為有護衛在嘛。」

「護衛？」

「我下次再幫妳介紹。」

我決定下次再跟她說明熊緩牠們的事。

「對了，他們偷襲妳的原因是什麼？」

「好像是我持有的野狼。我記得他們說過是受到商業公會的委託之類的話。」

「我們發放野狼肉的事情好像惹到他們了。可是沒想到他們會這麼快就發動攻擊。總而言

之，我們會仔細審問抓到的男人們的。」

這沒有問題。

「對了，阿朵拉小姐，我想要去擊退盜賊，妳可以告訴我詳細的情況嗎？」

「擊退盜賊，一個人嗎？」

「嗯，雖然我沒辦法打倒克拉肯，但是盜賊應該沒問題。只要沒有盜賊，路也就能夠通行了吧。」

「是沒錯，可是一個人很危險喔。」

「沒問題的。妳也看到我的公會卡了吧？」

聽到我說的話，阿朵拉小姐稍微陷入沉思。

「前幾天，來到鎮上的四個冒險者已經去擊退盜賊了。」

根據阿朵拉小姐的說法，來到鎮上的冒險者雖然出發去擊退盜賊，卻過了幾天都還沒有回來。

「我阻止過他們，他們卻說要去看看情況。」

他們該不會就是住在這間旅館的冒險者吧？

聽說他們現在不在。

我是不是應該快點出發呢？

我向阿朵拉小姐問了許多關於盜賊的事。

盜賊的人數有二十人以上。因為他們把臉遮住了，所以看不到長相。他們不會在有護衛的情況下發動攻擊。如果不帶護衛就會受到襲擊。因為沒有人和盜賊戰鬥過，所以實力不明。盜賊會從山上監視道路。現在只知道據點在山中的某一處。算了，使用探測技能應該就可以知道了。

「有人被抓住嗎？」

「大概有女人被擄。因為留下的屍體都是男人。」

只要有這句話，我就有理由徹底擊潰他們。如果只搶錢的話，我只會把他們打個半死；他們卻殺死男人，擄走女人。他們完全進入惹毛我的名單了。

「那麼，我現在馬上過去。」

「不要太勉強喔。」

阿朵拉小姐一臉憂慮地關心我。然後，她在正要走出旅館時回過頭來。

「妳那套白熊服裝也很可愛喔。」

我都忘了自己被迪加先生大叫的聲音吵醒之後一直沒有換衣服。不知道為什麼，自己穿著白熊服裝的樣子被看見讓我有點害羞。白熊服裝和我平常穿的黑熊服裝明明只有顏色不一樣。果然是因為我把白熊服裝當作睡衣穿嗎？

在出發之前，我拜託迪加先生幫我做早餐，作為一天的活力來源。

89 熊熊出發去擊退盜賊

我將偷襲我的男人們交給阿朵拉小姐處理，開始準備去擊退盜賊。

雖然說準備，但也只是填飽肚子而已。

「小姑娘，妳真的要去收拾盜賊嗎？」

聽到我剛才和阿朵拉小姐的談話，迪加先生一臉擔心地問道。

「我會先吃完迪加先生做的美味早餐再走。」

「我是很高興妳這麼說，但像小姑娘這種女孩子去就太危險了。」

「沒事的。我好歹也是冒險者，而且你也看到那兩隻熊了吧。還有牠們在，我會快去快回的。」

「是嗎。那等到妳回來，我就做我現在所能做的頂級料理給妳吃。」

他彎起手臂，強調自己的肌肉。雖然我覺得料理和肌肉沒什麼關係，但他的心意讓我很高興。

「那我可得快點打倒他們才行了。」

我一走出城鎮就叫出熊緩。

現在就出發去擊退盜賊！

我前往盜賊可能出沒的地方。我在沿岸的道路上用馬奔跑的速度前進。海風吹起來很舒服。如果天氣再溫暖一點，或許也可以游泳。

菲娜應該沒有看過海，等天氣變熱，大家一起來應該也不錯。可是，我自從小學的游泳課以來就再也沒有游過了。我當時還稍微會游一點，現在不知道會不會。不過長泳肯定是不可能的。

算了，在海灘上玩應該也很有趣，海邊有各種玩樂的方法。我決定以後再思考未來的事，現在專心打倒盜賊。

因為不知道盜賊什麼時候會出現，所以我先發動了探測技能。地圖還沒有製作好，所以我前進的方向只有黑色的地圖。我沿路前進，發現地圖前方有四個人類的反應出現。

盜賊？

埋伏嗎？

可是，人數比我聽說的還要少。要襲擊一般人的話，有這些人就夠了嗎？

既然都要來，所有人一起攻過來是最輕鬆的。可是，應該還有人被盜賊抓住，所以一定要去一趟據點，結果都一樣吧？

我放慢速度，緩緩前進。遠方的人影進入視野。他們沒有躲起來，所以應該不是盜賊吧。可是，有人出現在這條路上很可疑。對方也有可能假裝成一般人再發動攻擊，所以我為了威嚇對方而繼續騎著熊緩前進。

穿著熊熊布偶裝的女孩子騎在熊的背上，從旁人眼裡看來不知道是什麼樣子。

雖然是我自己，但究竟是恐怖還是不恐怖，實在很難斷定。思考這些也沒有用，我決定就這樣繼續前進。我和對方逐漸縮短距離。

嗯？

他們該不會是阿朵拉小姐提到的冒險者吧？

一如預料，前方有作著冒險者裝扮的四個人朝這裡走過來。一名男性加上三名女性，這在男人眼中應該是很令人羨慕的隊伍吧。這就是人家俗稱的後宮隊伍嗎？

冒險者們發現騎在熊緩身上的我便舉起劍和杖。

該不會會演變成戰鬥吧？我作好心理準備。

就算是會去擊退盜賊的人，也不一定全都是善良的冒險者。說不定只是想要拿到盜賊持有的東西才這麼行動罷了。

「等一下。」

站在最前頭的男人擋住道路，對我出聲搭話。他們雖然沒有突然攻擊我，卻用見到可疑人物的眼神看著我。

「幹麼？」

我停下來，在熊緩背上發問。

「妳的打扮是怎麼回事。還有，那頭熊是？」

「我是冒險者，這頭熊是我的熊。」

我撫摸熊緩的頭。

「妳是冒險者？」

嗯，他們果然不相信。

「那頭熊真的是妳的熊嗎？」

後面一名看起來像是魔法師的女性問道。

「是啊。」

「可以讓我們確認一下妳的公會卡嗎？」

「你們不讓我看，卻要我拿給你們看嗎？」

「對不起。我是羅莎，階級C的冒險者。」

自稱羅莎的女人把卡片拿給我看。

「我是優奈，冒險者階級是D。」

我把公會卡拿給自稱羅莎的女人看。

「真的是冒險者呢。抱歉懷疑妳。」

確認過我的公會卡，女人叫其他的成員放下武器。

「那頭熊沒有危險嗎？」

「只要你們不主動攻擊的話。要是對牠展現敵意，牠就會攻擊。」

「知道了。」

男人把劍收進劍鞘。看到他這麼做，其他的成員也放下武器。

「對了，妳想要去哪裡？這附近有盜賊出沒，很危險的。」

「我知道。我正要去擊退那些盜賊。」

「那個，妳叫優奈對吧。妳是認真的嗎，那可不是像妳這樣的女孩子可以一個人打倒的對手喔？」

「而且我們已經找盜賊找了幾天，但卻找不到。」

也對，既然是盜賊的據點，應該沒有那麼容易找到；見到冒險者走在路上，他們大概也不會現身。可是，我還有探測技能。只要騎著熊緩牠們在可能有盜賊的地方隨便跑跑，應該就會有人進入探測範圍。

「這沒有問題。這孩子會幫我找到盜賊。」

我摸摸熊緩的頭。結果，牠就像是要說「交給我吧」一樣，轉頭對我輕輕地叫了「咿～」的一聲。

「好可愛的熊喔。」

「就算那頭熊可以找到盜賊，妳一個人應該也沒辦法打倒他們吧。」

「沒問題的。」

只要盜賊不會操縱克拉肯就沒問題。

「小孩子怎麼可能一個人打倒盜賊。太危險了！」

男性冒險者大叫。

「那麼，我們跟她一起去不就好了嗎？」

「羅莎？」

「因為我們的目的都一樣嘛。只要有那隻熊，就可以知道盜賊在哪裡。可是，我們不能讓這個打扮成熊的女孩一個人前往盜賊的據點。這樣的話，我們也一起去就行了吧？」

「是沒錯啦。」

因為羅莎的意見，男人開始考慮。

「我贊成。」

「我也沒有問題。」

默默在一旁聽著的兩名女性也贊成羅莎的意見。

「連妳們也這樣。」

「因為有那隻熊熊就可以找到盜賊嘛。可是，我們找不到。既然這樣，我覺得應該要靠那隻熊熊的力量。」

「快點打倒盜賊比較好。」

「可是，怎麼可以帶這麼小的女孩子過去。」

看來他並不是瞧不起我，而是擔心我的安危。

「我們來保護她就行了。」

女性劍士回答。

「……我知道了。如果妳們可以接受，我就接受。」

他們沒有取得我的同意就擅自下了結論，我還沒答應呢。事到如今，我也沒辦法說不行了。

結果我沒能拒絕他們，只好一起行動，於是重新開始自我介紹。

男人叫做布里茨，大概二十五歲吧。雖然他似乎算是隊長，基本上卻是叫做羅莎的女性魔法師負責主導事情。他好像是怕老婆的類型。

然後，另一名魔法師是個十八歲左右的女孩。她的名字叫做蘭。

最後一個人是身高和布里茨差不多的女性劍士。她的膚色黝黑，拿著尺寸偏大的劍。名字叫做格里莫絲。

「可以問妳一個問題嗎？」

「什麼問題？」

「妳的這身打扮是怎麼回事？」

果然有人會問。羅莎小姐用看到稀奇事物的目光看著我的打扮。

「我有熊神的庇佑。」

「熊神的庇佑？」

因為每次都會被問到，所以我想了一個新的設定。我並沒有說謊。實際上我的確受到熊神的庇佑，甚至可以說是一種詛咒。不只是魔法，還有熊緩和熊急這兩隻召喚獸、熊熊箱與熊熊防具。要是沒有神送給我的熊熊裝備，我什麼都做不到。

「有這種庇佑嗎？」

「這孩子會聽從我的指示就是證據吧。」

我溫柔地撫摸熊緩的頭。羅莎小姐露出不知道是接受還是不能接受的尷尬表情。我也是第一次聽到熊神的庇佑這種詞彙。我看過漫畫、動畫、小說、遊戲、電影等各種奇幻作品，卻一次也沒有聽過。

「話說回來，牠還真是乖巧呢。牠叫什麼名字？」

「熊緩。」

「好可愛的名字。我可以摸牠嗎？」

「可以啊，但是要輕輕摸喔。」

我表示允許，羅莎小姐就一邊走一邊溫柔地撫摸熊緩的身體。

「好柔軟。」

「我也可以摸嗎？」

另一名魔法師——蘭也問道，於是我答應。

「真的好軟。牠的毛是怎麼回事，感覺好像在摸高級毛皮。好舒服。」

蘭很靈活地走著用臉摩擦熊緩。

「真的沒有危險嗎？」

布里茨一臉擔心地看著兩人。

「只要不傷害牠或我就不會怎麼樣。」

不理會布里茨的擔心，兩名魔法師繼續享受熊緩的毛皮。我們一起在盜賊可能出現的地方走了一段時間，探測技能就偵測到人的反應了。位置大約在山腰附近。

反應有兩個。以盜賊來說不會太少嗎？

還是說他們是負責把風的？

也有可能是一般人，該怎麼辦才好呢？

「怎麼了？」

我正在煩惱的時候，羅莎小姐向我搭話。

「這孩子在山腰附近找到人了，我在想該怎麼辦。」

「盜賊嗎！」

「還不知道。有可能是盜賊，也有可能是一般人。這孩子實在沒辦法判斷這種事。」

「不過，既然會出現在這種地方，十之八九就是盜賊了吧。」

我也有同感。

「大概在哪裡？」

「不要轉頭過去喔。就在右邊的山壁上露出岩石的地點附近。」

所有人只轉動眼球，瞄著山壁。

「我看不到。」

「我也看不到。」

「所以要怎麼辦？」

總之，我們假裝沒有發現對方，繼續前進。反應沒有移動。

我們慢慢縮短距離。不知道走進森林能不能隱藏蹤跡。不能就這樣什麼都不做。可是，不小心的話也有可能會被他們逃走。不，不可能的。他們不可能在山裡甩掉熊緩。而且我還可以用探測技能追上他們。只是會很麻煩而已。

「經過那棵樹下之後，我就過去確認。如果是盜賊，我就抓過來。所以，你們可以繼續走下去嗎？」

「等一下……」

我突然下指示，羅莎小姐等人嚇了一跳。

「妳要把我們當作誘餌嗎？」

「不是誘餌，這叫做人盡其才。你們不知道對方的正確位置。我有這孩子在，所以知道。如果交給你們去找，讓對方逃掉該怎麼辦？」

「就算是妳也有可能會追丟吧。」

「他們不可能甩掉這孩子的。」

我撫摸熊緩。

「妳一個人真的沒問題嗎？」

「沒問題啦。」

萬一發生什麼事，還有熊急在。

「知道了。交給妳沒問題吧。再走一段路後，我們也會過去。這一點我們是不會退讓的。」

「就這樣吧。」

我們接近當作目標的樹木。

經過樹下的瞬間，我騎著熊緩往有反應的地點跑去。熊緩在樹木之間奔馳。就算是上坡也無所謂。熊緩以最短距離往有反應的地點前進，然後載著我來到目的地。

「什麼！」

躲起來的人物大叫。他們的裝扮不像一般人。兩個男人趕緊伸手拔劍，但太遲了。熊緩撲向兩人，彈開他們的劍，壓制住他們的身體。

「你們是盜賊的同夥沒錯吧？」

我想應該沒錯，但還是確認了一下。

「妳在說什麼？」

在這種情況下，真虧他們敢說謊。

「想裝傻嗎？算了，要問話的話一個人就夠了。熊緩，你可以吃掉看起來比較好吃的那一個人。」

熊緩張開血盆大口。

「等……等一下，我……我可不好吃喔。」

「我也是。」

「那麼，就先試吃一下，再把好吃的那一個全部吃光怎麼樣？熊緩，你可以吃掉他們的手臂了。」

熊緩也知道我在威脅他們，所以配合著演戲。

牠大張著嘴巴，在男人們的臉上滴下口水。

「等一下。」

「求求妳。我們會說的，不要這樣。」

男人們投降。

「那麼，我再問你們一次。另外，如果你們說謊，我就抓你們來餵熊。你們是襲擊路人的盜賊沒錯吧？」

「……對，沒錯。」

男人放棄抵抗，這麼答道。

「那麼，可以告訴我據點在哪裡嗎？只有方向也可以。」

「只要說了，妳就會放過我們嗎？」

「怎麼可能，只是說了就不必被熊吃掉而已。你們要嘛說實話後被抓，要嘛不說然後被吃。選一個喜歡的吧。啊，這孩子肚子餓了，麻煩你們快一點。」

熊緩再度朝男人們的臉上滴下口水。嗯～牠的演技還真好。可是，我實在沒辦法讓菲娜等人看到擺出這種臉的熊緩。

「知……知道了。我們會說的，不要吃掉我們。」

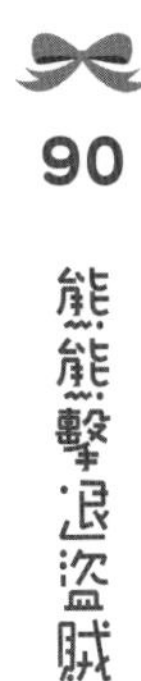

90 熊熊擊退盜賊

多虧有熊緩的演技，我從負責把風的兩人那裡問出了據點的位置。

當我正在思考要怎麼處理這兩個人的時候，就看見布里茨等人往山上走過來的身影。可能是因為坡度很陡，他們爬得很辛苦。拿著大劍的格里莫絲看起來特別吃力。四個人費盡力氣才終於來到我這裡。

「優奈，妳沒事吧？」

「我沒事。」

「結果怎麼樣？」

「他們果然是盜賊的同夥。」

我望向被熊緩壓住的男人們，羅莎小姐等人也看了過去。

「我已經問出據點的位置了，打算現在過去。這兩個人要怎麼辦？」

「不能帶他們過去，也不能就丟在這裡呢。」

「那要不要挖個洞埋起來？」

等一下再挖出來就好了。

「不要啊！」

「我們不是全招了嗎！」

男人們在熊緩下方大叫。

「不用擔心啦。我會讓你們的頭露出來。」

只要讓頭露出地面就能呼吸。只不過，如果我忘了，他們就會一輩子待在這裡。

「我留下來。」

調整好呼吸的格里莫絲開口。

「在山裡，動作慢的我只會礙手礙腳。我會帶著這兩個人在下面等。」

格里莫絲從道具袋中取出繩子，把盜賊綁起來。

「也好。如果他們說謊，也得再問一次才行。」

「那麼，就拜託格里莫絲了。如果我們沒有回來，麻煩妳聯絡公會。」

格里莫絲老實地點頭回應羅莎小姐的指示。奇怪，隊長是誰來著？他們這樣子，我都搞不懂誰才是隊長了。

我們將抓到的兩人交給格里莫絲，前往盜賊的據點。

或許是男人們經常通過，有一條像獸徑的道路延續著。只要知道大概的方向，探測技能或熊緩就會通知我。

「話說回來，看到真的有人的時候嚇了我一跳呢。」

「多虧有這孩子在嘛。」

我不能說出探測技能的事情，於是全部歸功於熊緩。不過，牠實際上真的知道，所以不算是說謊。

「我也好想要喔……」

蘭一臉羨慕地抱住熊緩。

我不會給妳的。

走了一陣子，探測技能偵測到數十個人的反應。沒想到這麼近。接下來只要往這裡前進就行了。

「妳這樣毫不猶豫地前進，沒問題嗎？」

布里茨很擔心地向走在前頭的我發問。

「沒問題的。還有這孩子在，到了附近就知道了。」

其實我已經確定位置了。

「抓到的盜賊有可能會說謊。如果他們說謊，這頭熊應該也找不到吧？」

真是麻煩。熊緩，拜託你了。我在心中請熊緩幫忙。結果，熊緩可能是感應到我的心意，作出反應了。

「看來牠好像找到了喔。」

「真的嗎？」

「似乎就快到了。需要休息嗎？」

我只是騎在熊緩身上，所以不會累。

「不需要。」

「我也沒問題。」

「我也能繼續加油。」

聽到他們三個人的話，我決定繼續前進。熊緩推倒草木，另外三個人沿路跟上來。反應愈來愈近了。

「已經很近了，安靜一點喔。」

因為我們已經來到盜賊的據點附近，我提醒其他人。我身後的三個人都靜靜地點頭。

撥開草木以後，可以看到一個寬敞的地方，還有一個洞窟。洞窟前有大約十個男人讓女性隨侍在一旁，從大白天就開始飲酒作樂。就跟那兩個盜賊說的一樣。

待在他們身邊的就是被擄的女性吧。探測技能顯示洞窟內也有反應。沒辦法判斷那究竟是盜賊還是被擄的人，就是探測技能的缺點。

「原來在這種地方呀。」

「可惡，有女人被他們抓住了。」

「怎麼辦？」

「我可以對付他們全部。」

因為很麻煩，我試著這麼說。

「優奈，現在不是開玩笑的時候。」

我的提議馬上被當成了玩笑話。

「有人質實在很麻煩。」

「如果隨便打起來，人質也有可能會被殺掉呢。」

「我覺得只能出其不意地打倒他們了。」

三人互相提出各種意見。最大的問題是被擄的女人們。第二個問題是到底有幾個人待在洞窟裡。三人討論著負責把風的人已經被抓了，所以不能花太多時間等等的問題。

洞窟中的反應大概有六個人。不知道究竟是盜賊還是俘虜。

「要叫格里莫絲過來嗎？」

「現在去叫會很花時間的。」

「那要怎麼辦？」

三人遲遲無法得出結論。

照這樣看來，不管煩惱多久都不會有答案。

「不行的話，我真的可以一個人去。」

我想快點回去。我騎著熊緩前進。

「等一下，優奈。我們再討論一下。」

因為太浪費時間了，我和熊緩一起衝出去。雖然這麼想有點晚，但我是不是因為這種個性，所以才會連在遊戲裡面都不擅長跟別人組隊呢？

「什麼！」

「熊！」

「有熊！」

男人們大叫。

我從熊緩身上跳下來。

我在著地的同時在身旁沒有女人的盜賊腳下做出一個洞，讓他們掉進洞裡。這樣就有四個人消失了。

他們突然間掉到洞裡，反應不及，應該已經受傷了。光是我饒了他們一命，他們就應該心懷感激。

「熊緩！不要讓任何人跑了！」

其實我想要讓牠護衛被擄的女性，但如果看到熊靠近，她們恐怕會驚聲尖叫。

「妳是什麼人？」

男人們搖搖晃晃地站起身。動作好慢。誰叫他們要從大白天就開始喝酒。醉漢為了站起來而放開女性身體的瞬間，我用空氣彈攻擊男人，讓他們遠離女性，再掉進洞裡。

「優奈，後面！」

我往後轉，正好有一顆火球飛過來。我用左手的白熊娃娃擋住火球，火焰就熄滅了。有三個男人舉著法杖。他們再次對我施放魔法，我往旁邊閃躲，用空氣彈打中他們的腦袋。因為有命中修正，所以如果對手不閃避就能百發百中。更何況眼睛看不見空氣彈，似乎很難躲開。

「熊緩，拜託了。」

會用魔法的人就算掉進洞裡也有可能跑出來，所以我交給熊緩處理。

這樣一來就只剩三個人了。

「妳到底是什麼人？」

他們三個人聚集在一起，抓一了一個女人當人質，出聲對我說話。

類似的場面經常出現在漫畫裡，如果實力上有差距的話，我覺得毫不猶豫地攻擊比較好。要是交談並配合對方，其他的盜賊會聚集過來，被打倒的人或許也會回歸。而且我很在意洞窟裡的情況。

我沒有回答男人的問題，朝著對我刀劍相向的兩個人擊發空氣彈，把他們彈飛。這樣就只剩一個人了。

「啥！」

拿劍指著女人的男人露出驚訝的表情。我使用身體強化的魔法在一瞬之間逼近男人，用白熊玩偶手套抓住男人的劍。雖然就這麼揍飛他也行，但萬一因此讓女人被劍劃傷就糟糕了。

「放開！」

男人用力，但劍一動也不動。

「怪物！」

我對他的話充耳不聞，用黑熊玩偶手套揍飛他。

「沒事吧？」

我對被擄的女性說話，她顫抖著點點頭。她應該不是因為我才發抖的吧。只是因為被盜賊抓住，很害怕而已吧。

算了，事情總算是結束了吧。現場只有我還站著。所有的女人好像都平安無事。布里茨等人跑到女人們身邊安撫她們。

「優奈，妳沒有受傷吧？」

羅莎小姐跑到我身邊。

「我沒事。」

「真的嗎，我看妳好像有被魔法打中。」

我已經用白熊玩偶手套擋下來了，所以毫髮無傷。

「那點魔法沒什麼啦。不說這個了，這些盜賊和女人就拜託你們了。」

我拜託羅莎小姐的時候，有幾個男人從洞窟裡現身了。

站在中央的男人散發出異樣的氛圍。他手持大劍，臉頰上有很大的傷疤。

「這是怎麼回事！」

見到周圍的狀況，臉頰帶傷的男人怒吼。

「這是你們幹的嗎！」

男人沒有看我，而是看著布里茨等人。也對，一般來說不會有人認為這是穿著熊熊布偶裝的人做的。

「……你是布里茨，連羅莎也在。」

男人看著布里茨和羅莎小姐。他們該不會認識吧？

「你是歐摩斯……為什麼你會在這裡！」

「當然是因為我在這裡工作啊。」

「你說工作？」

「是啊，攻擊經過前面那條路的人、搶走錢和女人，很簡單的工作。」

我對站在附近的羅莎小姐發問：

「他是誰？」

「是我們在別的城鎮認識的冒險者。他雖然有實力，卻很蠻橫又我行我素，還會將隊伍裡的女性都當成自己的東西看待。所以沒有人願意和他組隊，最後消失在鎮上。沒想到他會在這種地方當盜賊。」

「喂喂喂，我可不是盜賊喔。這是冒險者的工作。是商業公會的會長提出的正式委託。」

「商業公會？」

總覺得他好像說了很不得了的話。

「你把這種事告訴我們沒關係嗎？」

布里茨站到男人面前。

「當然沒關係。因為你會死，而你的女人會變成我的女人。」

他放聲大笑。

「混蛋！」

「我以前見到的時候就想上她了。」

男人對羅莎小姐露出骯髒笑容。布里茨正要拔劍的瞬間，自稱歐摩斯的傷疤男就飛了出去。

當然是因為我揍了他。

因為他長得一張欠揍的臉，還毫無防備地跟布里茨聊天，最重要的是我看他不爽。光有這些理由就夠了。

我乘勝追擊，跨坐在倒地的男人身上，不斷毆打他。

當然了，為了不讓他輕易昏倒，我有手下留情。

「混蛋！」

熊熊鐵拳、熊熊鐵拳、熊熊鐵拳、熊熊鐵拳。

「給……給我滾開！」

他對我伸出手，但我依然打著熊熊鐵拳、熊熊鐵拳、熊熊鐵拳、熊熊鐵拳。

「住……住手……」

我不可能住手。

熊熊鐵拳、熊熊鐵拳、熊熊鐵拳、熊熊鐵拳。

他的臉逐漸變形。雖然他想對我伸出手，卻被我彈開，繼續挨揍。男人的手失去力氣，落到地面上。

「啊，舒暢多了。」

我離開男人。

我望向周圍，發現布里茨、從洞窟裡走出來的盜賊、被擄的女性全都看著我。

「怎麼了？」

「還問怎麼了。」

「你們該不會也想揍他吧？雖然臉已經不行了，但其他地方還毫髮無傷，你們想揍哪裡都可以。可是，不可以殺死他喔。因為他說了一些有趣的話，我才手下留情的。」

「手下留情……」

羅莎小姐傻眼地看著臉部腫脹的男人。讓他的傷疤增加了嗎？算了，本來的傷疤就很大了，再多一點也沒關係吧。

話說回來，他說的話很令人在意。他說自己是受到商業公會會長的委託。

在旅館偷襲我的冒險者也說自己是商業公會的會長叫來的，該不會連克拉肯都和商業公會的會長有關吧。

「對了，站在那邊的各位盜賊要乖乖就範嗎，還是要變得跟這傢伙一樣？」

聽到我這番話，盜賊們看了歐摩斯的臉，然後搖搖頭，丟掉武器。

「洞窟裡還有你們的同夥嗎？」

「沒有了。裡面只有我們抓到的女人。」

男人乖乖回答。

在這之後，我們救出被困在洞窟中的女性，也收回了盜賊搶走的財產。他們的馬和馬車好像都停放在山腳下，我們就不客氣地拿來用了。我們把所有盜賊都綁起來丟上馬車，返回城鎮。

「我們什麼都沒有做呢。」

「是啊，而且歐摩斯竟然那麼簡單就被撂倒了。」

歐摩斯雖然還有意識，卻動彈不得。一度清醒過來的歐摩斯開始大鬧，我嫌他吵，就讓他體驗了無繩高空彈跳。我用風魔法把歐摩斯吹到天上，再讓他掉到地面上，重複了數十次。當然了，我會在地面上做出空氣軟墊，防止他死亡。就算他昏過去，我也會潑水叫醒他。重複了好幾次以後……

「拜託妳住手。要不然乾脆殺了我。」

因為想要解脫就求我殺了他，這種逃避方式我可不允許。而且我還有很多事情要問他。雖然他最後說願意贖罪，但有權決定這件事的人不是我，而是家人被殺的女人們，還有城鎮的居民。

馬車前進著，在途中和格里莫絲會合。

我們回到鎮上，看守著大門的男人跑了過來。

「這是……」

他看到被擄走的女人和被綁起來的盜賊，臉上浮現驚訝的表情。

「我們把所有的盜賊都抓來了，想向冒險者公會的會長報告。」

布里茨代表我們發言。他畢竟還是隊長吧？

「我馬上去報告！」

負責看守的人跑向冒險者公會。我們趁著這段時間讓被擄的女性從馬車上下來。她們相擁而泣。我雖然可以想像她們被盜賊抓住的時候受到了什麼樣的對待，卻不知道該說些什麼才好。而且，恐怕不只如此。她們應該有跟別人一起離開城鎮。有可能是丈夫、雙親，也有可能是孩子。所以，不懂這份傷痛的我根本說不出話來。可是，被擄的女性卻不斷向我道謝。

我又久違地重新認知到這裡既不是日本，也不是遊戲世界，而是異世界。

過了一段時間，我看見阿朵拉小姐和公會職員來到這裡。

「優奈！妳真的打倒盜賊了嗎！」

「因為有羅莎小姐他們協助我啊。」

「我們什麼都沒做。」

羅莎小姐這麼說。不過他們有幫忙綑綁盜賊、照顧被擄的女性，還駕駛了馬車。我不會照顧女性，也不會駕駛馬車，所以的確有受到幫助。

「所以，這些傢伙就是你們抓到的盜賊嗎？」

阿朵拉小姐看著馬車上的盜賊。

「你們是……」

「妳認識嗎？」

「是啊，有幾個人是這個城鎮的冒險者。我本來還以為他們是因為害怕克拉肯而逃跑了。沒想到是去當盜賊了。」

前冒險者沒有和阿朵拉小姐對上眼，一直低著頭。

「對了，我從抓到的盜賊那裡聽到有趣的事情。」

「有趣的事情？」

我說出關於商業公會會長的事。

「那的確很有趣。我這邊也剛好查出各種事了。」

阿朵拉小姐的臉上浮現憤怒的微笑。

91 事件在熊熊不知情的時候發生了　其二

這是怎麼回事。

我派去旅館偷襲小丫頭的冒險者沒有回來報告。我命令冒險者帶她過來或是取得道具袋。如果她真的持有大量的野狼，我就能在這個鎮上再賺一筆。到時候我就要跟這種小鎮說再見了。

我很期待地迎接早晨到來，卻沒有等到消息。

我都已經先付頭款了，難道他們沒有去偷襲她？

我叫部下去旅館調查。如果真的有偷襲，應該能查出風聲。

「會長！」

「怎麼了？」

「昨天去旅館偷襲熊少女的人被逮到了。」

「你說被逮到了？」

「有幾個人看到被綁住的那些男人被帶往冒險者公會。」

「你說冒險者公會？」

這下糟糕了。如果是交給警備隊員，那還有辦法處理。竟然偏偏是冒險者公會。

可是，為什麼會被逮到？前幾天來到鎮上的階級C冒險者應該不在旅館才對。是被那個旅館的肌肉老爹逮到的嗎？雖然只有這個可能性，但他們有四個人啊。竟然會被一般人抓住，到底是多弱啊。

我覺得怒火中燒。

不過情況不樂觀是事實。只要那些被逮的人供出我的名字，其他人肯定會知道是我下的命令。

「請問要怎麼辦？」

「別管他們。」

「這樣好嗎？」

「就算他們供出我的名字也沒有證據。只要說是他們冤枉我就行了。」

我已經不能再偷襲持有野狼的丫頭了。或許應該就這麼收手，離開這個城鎮比較好。

叩叩。

房門被敲響了。

「做什麼？」

職員走了進來。

「冒險者公會的會長來訪。」

果然來了。我把部下趕出辦公室，對職員說：

「讓她進來。」

服裝特別強調胸部的女人進入辦公室。她是冒險者公會的會長——阿朵拉。

「好久不見了，薩拉德。」

「我們彼此都不想見到對方。有事就快說。」

「昨天晚上，有個女孩在旅館被偷襲，你知不知道什麼？」

昨天晚上？

我聽說他們明明是今天早上才被抓到。

「不知道。」

總之，我假裝不知情。

「偷襲她的人是在商業公會這裡進出的冒險者。」

「就算是，我也不可能知道所有的冒險者都做了什麼。」

「可是，被逮的冒險者說他們是依照你的指示行動呢。」

「我不知道。為什麼我要派人偷襲一個見都沒見過的丫頭？」

嘖，他們果然供出我的名字了。

「是為了搶走野狼吧？」

「難道說冒險者公會配給的大量野狼肉和那個丫頭有關嗎？」

我早就知道，但說得好像是現在才發現。

「是啊，她是個非常可愛的女孩子。這樣的她遇到偷襲，我相當生氣呢。」

「那麼，要不要把那些被逮的冒險者處死？」

那樣的話就能夠滅口了。我可以輕鬆撇清嫌疑。

「你還是要堅持說自己跟這件事無關嗎？」

「當然了。我也不知道自己什麼時候會被攻擊，我建議妳馬上懲處那種冒險者。」

「我知道了。我還會再來的。」

不要再來了，我默默地這麼想。雖然阿朵拉回去了，但我不覺得事情會就這麼結束。我不知道那個公會會長心裡有什麼盤算。或許差不多是時候了。我最好趁早離開城鎮。雖然我原本想再待一個月，但也沒辦法了。這都是白痴部下和提供野狼的熊女害的。

我把知道我和盜賊有牽連的三個部下叫過來集合。知道我在背地裡做些什麼的人很少。因為人數少比較不會洩漏情報，善後起來也很輕鬆。雖然比預定早了一點，我將自己要離開這座城鎮的事情告訴三人。我要叫三人在今晚離開城鎮，然後和歐摩斯會合。

三人一離開城鎮，我就會偷走商業公會賺到的錢，再把這三個人偽裝成犯人。

而我已經安排盜賊殺死和歐摩斯會合的三人。只要把屍體丟在路邊，人們就會以為錢已經被盜賊搶走了。這樣一來，商業公會賺到的錢就全都是我的了。

「我要回家裡一趟。我會馬上回來，你們一準備好就出發。」

我回到家裡，把值錢的東西一一收到道具袋裡。其中也有從逃離城鎮的居民身上搶來的東西。城鎮的東西就是我的東西，所以沒有任何問題。

歐摩斯只對錢和女人有興趣，只要給他這些東西，就是個好操控的笨蛋。

嗯，那傢伙大概沒有賣掉貴重物品的門路。就算把寶石的價值告訴他也沒有意義。我將家中值錢的東西和糧食收進道具袋裡。接下來只要搶走商業公會的錢就行了。

我回到商業公會，發現這裡有點吵鬧。我不在的時候發生什麼事了嗎？

我看見職員們的臉上掛著笑容。

「發生什麼事了？」

我詢問附近一名看起來很高興的職員。

「出現在幹道上的盜賊好像被打倒了。」

什麼！那個除了蠻力以外一無是處的歐摩斯被幹掉了嗎？

「這樣一來，道路就能夠通行了。通行之後也會有糧食送進來。終於可以脫離現在的生活了。」

職員高興地說著。

開什麼玩笑！

盜賊被打倒了？如果這是真的，我就沒辦法處分掉三名部下了。更大的問題是歐摩斯他們怎

麼了。

「所有的盜賊都死了嗎？」

如果已經死了，那就什麼問題都沒有。死人不會說話。

「盜賊好像被抓住了。而且，幾乎所有的盜賊以前似乎都是這個鎮上的冒險者。現在，冒險者公會的會長好像正在審問他們。」

竟然還活著！

這下糟糕了。如果所有人都說是受到我的指使，我就很難辯解了。

有沒有什麼好辦法呢？

「而且，打倒盜賊的人是個打扮成熊的女孩子。不只如此，看過她的人還說她是個很可愛的女孩子呢。」

又是熊啊。到底是怎麼回事？怎樣的熊會持有大量的野狼肉，還有可以容納的道具袋，甚至抓住偷襲她的冒險者，連盜賊都可以打倒？

「會長，這樣一來就可以實現您的想法了呢。雖然以前都過得很委屈，但以後就不用再擔心了。」

這一個月，我為了讓公會職員服從我的命令，下了假的指示。

首先，我說自己高價販賣食材是為了在今後盜賊消失時進口大量的食材，也是為了籌措狩獵克拉肯的委託金。於是愚蠢的職員就相信了。

職員依照我的指示，把大部分的糧食賣給有錢人，賺了一筆錢。可是，如果只做這種事，剩下的職員和居民都會提出抗議。窮人會拿不到食材。

不管死多少窮人，我都不痛不癢。但因為他們太囉嗦，我對沒錢可付的窮人減少了配給的量。

「會長？」

「沒什麼。總而言之，就等冒險者公會的報告吧。說不定還有盜賊留下來。」

我不認為歐摩斯已經被幹掉了。

「說得也是。如果經過那條路的時候遇到盜賊就傷腦筋了。」

職員表示理解，然後退下。

我前往自己在商業公會裡的辦公室。我想不到好方法。至少也要歐摩斯沒有被捕，而且待在約好的地點才行。或者是我自己殺掉三名部下。

就算要行動，情報也太少了。可是，時間拖得愈久，我成功脫逃的可能性就愈低。我在思考的時候，時間也不斷流逝著。放棄金錢，離開鎮上比較好嗎？我正在考慮各種事的時候，房門被敲響了。

「做什麼？」

「冒險者公會的會長來訪。」

已經來了嗎？

「那麼，帶她過來。」

「這個嘛，她表示希望您到外頭。」

「為什麼？」

「這……」

「知道了。我去就行了吧。」

我來到外頭，看見我僱用的那群盜賊全都排列在公會前。所有人都被綑綁起來，嘴巴也被封住了。是為了讓我看他們才叫我到外面的嗎？

我看看盜賊的成員，發現歐摩斯也在……歐摩斯？

雖然體格等各方面的特徵都顯示出他就是歐摩斯，臉部狀態卻非常悽慘。而且，他這個自我中心又任性妄為的男人竟然乖乖地坐在地面上。

如果是我認識的歐摩斯，他現在應該會大鬧特鬧。他是個與其做這種事，寧可選擇死亡的男人。真是令人不敢相信的景象。

其中，阿朵拉站在前頭。

嗯？阿朵拉的身後有個小小的黑色物體。

熊？

那是個打扮成熊的嬌小女孩。她該不會就是傳聞中的熊吧！歐摩斯就是被這種小鬼頭幹掉的嗎？

我只能笑了。我的劇本就是被這種穿著奇怪服裝的熊女毀掉的嗎？

我強忍著笑意，裝出驚訝的樣子發問。

「他們就是盜賊嗎？」

「沒錯。所有人都說自己是被你所僱用的。」

「我不知道。」

「你還是要假裝不知情嗎？」

「不知道就是不知道。」

盜賊們瞪著我。既然要被抓，去死還比較好。你們根本沒有存活的價值，應該為了我去死才對。

「那麼，我把這些繩子切斷也無所謂嗎？」

阿朵拉取出小刀，作勢切斷男人們的繩子。被綁住的男人們用想要朝我撲過來的眼神瞪著我。要是繩子在這時候被切斷，我可以想像會發生什麼事。

「妳想放走盜賊嗎？」

「我才不會那麼做呢。我只是在想切斷繩子會怎麼樣而已。」

周圍的人都用懷疑的目光看著我。這個女人應該也已經確定我就是主謀了。我得想辦法脫罪才行。

個人。

「那麼，你看到他們還有辦法辯解嗎？」

阿朵拉對後方的職員說話，就有被繩子綁住的男人們出現了。他們是我打算叫盜賊殺掉的三些話以後，他們就全部招供了。」

「因為他們的舉止有點可疑，我就派人跟蹤他們。他們想要離開城鎮，所以我溫柔地問了一

三人被封住嘴巴，發出「嗚～嗚～」的呻吟。

「那三個人想要把罪名嫁禍給我吧。我不知道。」

該死，到底是怎樣啊。每個傢伙都只會扯我後腿。

「那麼，可以把你小心地拿著的那個道具袋裡面裝的東西給我看看嗎？」

她的視線轉向我手中握著的道具袋。我好像一直緊緊握著。

「這是……」

我想藏到身後，但太遲了。這個道具袋裝著錢和寶石，以及盜賊偷來的東西。

「裡面沒有什麼了不起的東西。妳不需要在意。」

「那可以讓我看看裡面的東西嗎？這三個人就很配合地給我看了喔。」

三人搖著頭發出「嗚～嗚～」的呻吟。

「我拒絕。為什麼我一定要拿給妳看？」

她絕對知道。被看到內容物就無法脫罪了。我把道具袋藏到身後。可是，阿朵拉大叫：

「我將全權負責！來人，確認薩拉德的道具袋所裝的物品！」

阿朵拉向公會職員下令。

我想要逃跑，卻沒辦法從以前曾是冒險者的公會職員手中逃走。

「住手！」

我的道具袋被奪走，身體被壓制住。

「那麼，就讓我們看看裡面的東西吧。」

阿朵拉抓住我的道具袋，將內容物全部倒出來。

92 熊熊有了打倒克拉肯的理由

抓到盜賊的我跟著阿朵拉小姐來到商業公會。

她說她想要帶抓到的盜賊去商業公會，所以希望我一起過來。雖然我覺得沒有必要。

阿朵拉小姐說這是因為如果有我在，盜賊也會比較乖。難道我是訓獸師嗎？

我問她為什麼要特地把抓到的盜賊帶去商業公會，她就說是因為想要看看對方的反應。

看到被抓的盜賊首領的臉時，商業公會會長的表情的確變了。

揍得太過火了嗎？

「那麼，就讓我們看看裡面的東西吧。」

阿朵拉小姐抓起道具袋，將袋裡的東西往地面上倒。

「喂，這個量是怎麼回事？」

地面上掉了很多可以賣錢的東西。

「我在德蒙先生家看過那個。」

「那是多裘先生家的。」

居民們看到掉在地上的東西，開始議論紛紛。在許多東西裡面，有個鑲著小顆紅寶石的戒指掉在地上。看到這只戒指，一名女性小聲低語：

「那是我的……被盜賊抓住的時候，他們搶走的戒指……」

這名女性是被盜賊擄走的其中一個人。她跑過去撿起戒指，珍惜地握緊它。眼淚從她的眼角緩緩流下。

「亞蘭……」

她呼喚一個名字，然後站起來大叫：

「把亞蘭還給我！」

女人靠近公會會長，打了他。

「把你命令盜賊殺死的亞蘭還給我……」

女人崩潰大哭。看到這一幕，居民的怒火爆發了。人們向公會會長丟擲石塊。石塊打中他的臉，命中他的身體，鮮血從臉上流淌下來。儘管石塊也打中了壓制住公會會長的冒險者公會職員，居民依然沒有停止扔石頭。

商業公會的職員們茫然地呆站在原地。

「住手！」

阿朵拉小姐喊道。

由於她的叫聲，居民停止丟石頭，安靜下來。

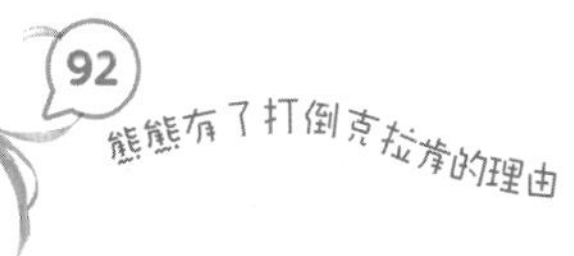

「我會負起責任處分這個男人。以冒險者公會會長之名。」

聽到阿朵拉小姐這番話，居民放下了手中緊握的石塊。

身為主謀的商業公會會長被捕，會長的共犯也全數遭到逮捕。

一切都結束時，太陽已經下山，來到晚餐時間。

「妳回來啦。」

迪加先生前來迎接我。

「我沒想到妳真的可以打倒那些盜賊。這樣一來就可以到附近的城鎮採購了。我再次向妳道謝。謝謝妳。」

「不用放在心上啦。其實我是想要解決克拉肯的問題的。」

「啊哈哈哈，再怎麼說也太勉強了。不管是多小的孩子，都知道克拉肯到底有多強。我們能做的就只有祈禱克拉肯快點離開這片海域了。」

「抱歉。」

「小姑娘何必道歉？光是妳擊退盜賊，我們就很感激了。而且最近流通在鎮上的野狼肉和麵粉也是妳提供的吧。」

我明明已經請冒險者公會保密了。

「知道的人就是知道。可是，冒險者公會的會長叫我們不要說出去。她說妳生性害羞，所以

不用多禮。」

「我只是怕麻煩而已啦。」

我說出真心話。我只是不想引發騷動而已。

迪加先生笑著幫我做料理。

我吃完晚餐，正要回房間的時候，被迪加先生叫住。

「我會幫妳做我們早上約好的頂級料理，所以妳就在明天的中午來餐廳吧。我請妳吃好料的。」

「可以嗎，食材很少吧？」

「小姑娘不用在意。我也只能用這種東西來答謝妳了。」

「嗯，我知道了。我會很期待的。」

我回到房間，為了消除今天一天的疲勞而換上白熊服裝，以小熊狀態召喚熊緩和熊急作為護衛。

我召喚出來的熊急看起來有點奇怪。牠背對著我，不願意看我。從過去的經驗可以知道，牠正在鬧彆扭。

我試著回想今天發生的事，發現我今天一直和熊緩在一起，一次也沒有召喚熊急。牠肯定是在為這件事鬧彆扭。

這下子可不能不關心牠了。可是，今天發生了很多事，我又累又睏。

所以，我抱住背對著我的熊急。

「對不起喔。我們今天一起睡覺吧。」

我抱緊熊急，一起鑽進被窩。嗯，好柔軟。因為疲勞和熊急的體溫，我馬上就進入了夢鄉。

隔天早上起床的時候，熊急的心情已經恢復，熊緩也沒有鬧彆扭的跡象。看來已經沒事了。

我召回熊緩牠們，換上黑熊服裝後走下樓。

餐廳有布里茨等人在，他們正在準備行李。

「你們要離開城鎮嗎？」

「馬上就會回來了。」

「因為盜賊已經不在了，鎮上的人要到隔壁城鎮採購糧食。所以有人委託我們擔任護衛。」

「不過，來回一趟大概十天而已。順利的話還能縮短幾天的時間，我們打算早點回來。」

「這樣啊。到時候我不知道還在不在，我就趁現在說了。這次真的很謝謝你們。」

「才不呢，我們才要謝謝妳。要不是有優奈在，我們也沒辦法擊退盜賊。不，要是輸給歐摩斯，我們不知道會有什麼下場。真的很謝謝妳。」

我覺得自己這次在精神上受到這些隊伍成員很大的幫助。

人生經驗不足的我不知道該對被擄的女性說什麼話，也沒辦法為她們做些什麼。我雖然打倒了盜賊，善後的工作卻全都是由布里茨等人包辦。我什麼都沒有做。

「那麼，我們要走了。」

「優奈，再見嘍。」

「幫我跟熊緩問好。」

「再見。」

「你們要小心喔。」

布里茨舉起手回應我，然後走出旅館。吃過早餐後，我也走出去呼吸外面的空氣。

我走在鎮上，發現居民的表情似乎稍微開朗了起來。鎮上的人一看到我就會輕輕低頭行禮。孩子們也會叫著「熊熊」，朝我跑過來。我們擊退了盜賊的事情好像已經傳遍全鎮了。

我順道來到冒險者公會，看見阿朵拉小姐和職員很忙碌的樣子。聽說商業公會獨占的漁獲和食材會暫時交由冒險者公會管理。

阿朵拉小姐好像很辛苦。幾天前，阿朵拉小姐閒到從大白天就開始在公會裡喝酒的樣子讓我很懷念。

疲勞的時候最適合吃甜食了，所以我送了布丁慰勞她。

我走出冒險者公會，見到我剛來到鎮上的時候遇到的商業公會職員——傑雷莫先生。

「是小姑娘啊。這次謝謝妳了。」

「你怎麼會在這裡呢？」

「因為商業公會的工作。除了公會會長，其他的成員也被捕了。有大量的工作分配到基層的我這裡來。」

「這樣啊。」

「不過也因為我是基層員工，所以沒有被捲入會長的犯罪行動裡就是了。」

商業公會的會長好像一直保持緘默。他無疑有對盜賊下指示，確實是主謀。雖然居民要求處罰他，現在卻是緩刑狀態。

考慮到被擄女性的感受，大家都想馬上處刑；不過這裡是個不屬於任何國家的小鎮，而且因為鎮長逃走，沒有人可以制裁罪犯，才會演變成這種結果。阿朵拉小姐也知道這樣是不行的，卻有必須盡快處理的工作堆積如山，所以只能優先做好工作。

因為盜賊消失，可以釣魚的地點增加，必須平均分配增加的漁獲。另外還要保障被盜賊殺害、竊取財產的人們。本來打倒盜賊的我們可以拿到這些財產，但我和布里茨都婉拒了。相對地，會由被擄的女性或家屬收下財產，但也有很多全家都被殺死的例子。

「打倒盜賊的人是優奈，我們不能收。」

布里茨裝酷。女性成員們好像也能接受，所以什麼都沒有說。不管怎麼說，布里茨的意見似乎還是有受到尊重。

阿朵拉小姐說我和布里茨等人都太天真了，卻也向我們道謝。

我在中午過後回到旅館，聞到一股很香的味道。

「喔，妳回來啦。差不多快做好了，妳坐著等吧。」

我等待著，刺激食慾的香味從廚房飄過來。

我在座位上等了幾分鐘，料理就端過來了。

那是我第一次在這個世界見到的食物，也是我很熟悉的食物。

「……米飯。」

「怎麼，妳知道啊。這是和魚很對味的食物喔。」

擺在我眼前的是純白色的米飯。白飯的旁邊放著在海裡捕到的烤魚，甚至還有類似味噌湯的東西。我喝了一口味噌湯。這毫無疑問是味噌湯。裡面放了蔬菜，非常美味。一口、兩口湯流過喉嚨。好懷念的味道。我吃下魚肉和白飯。

這個瞬間，思鄉的情緒湧上心頭。

真的是米飯。而且還有味噌湯，和白飯非常搭。

我注意到放在魚旁邊的小瓶液體。我心想不會吧，但還是相信這個可能性，把小瓶子中的液體淋到魚上面。偏黑褐色的液體。我吃下淋上液體的魚。這毫無疑問是我一直在尋找的醬油。

白飯和味噌湯、烤魚和醬油。不行了。太好吃了。我沒想到自己竟然會這麼渴望著日本的食物。

「小姑娘，妳在哭嗎？我覺得白飯很適合配魚，不好吃嗎？還是魚有問題？我是看妳好像很想吃，才弄來的。」

我好像在不知不覺中流淚了。迪加先生似乎很擔心我。

「不，不是的。非常好吃。迪加先生的料理太好吃，我感動到哭了。」

哭出來的事情讓我很難為情，於是我擦掉眼淚，笑著回答。我說好吃並不是在說謊。

「真的嗎？」

「嗯，非常好吃喔。」

為了證明，我繼續吃著白飯和魚。

「我很高興妳這麼說，但妳應該沒有勉強吧？」

他可能以為我是在勉強吃著難吃的東西吧。

「嗯，這是我故鄉國家的味道。我原以為自己再也吃不到了，所以很高興。」

「妳說故鄉的味道，妳該不會是在和之國出生的吧？」

「和之國？」

「不是嗎？」

「不是喔。是更遠，遠到再也回不去的地方。」

「妳是從那麼遠的地方來的啊。不會寂寞嗎？」

「我偶爾會懷念故鄉，但這裡也很好玩嘛。不過，可以像這樣品嚐到故鄉的味道，我很開心。」

「這樣啊，老實說我也想幫妳做更多，但沒有庫存了。在克拉肯出沒以前，每個月會有船從和之國運送過來一次。」

原來還有那種國家啊。真想去一次看看。可是，那也要打倒克拉肯，或是等到牠離開。

沒有方法可以打倒牠嗎？

我想著這種事，吃光迪加先生的料理。

「真的非常好吃。」

我對迪加先生道謝，走出旅館。

我就這樣走到海岸邊。廣大的海洋。這片海的對面有生產白米和醬油的國家。說不定還有其他跟日本很類似的東西。重點是我想要白米和醬油、味噌。可是，克拉肯阻擋著我。

戰鬥方法很有限。

第一，搭乘大型船隻出海打倒牠。可是，這座城鎮並沒有那種船。而且我也不會掌舵。

第二，飛到天上，在空中打倒牠。嗯，熊可不會飛。

第三，讓海結凍，然後站在上面戰鬥。我試著到沙灘上凍結海面。雖然冰得起來，卻會被海浪覆蓋過去。要凍結很廣的範圍才行。考量到厚度，不曉得會消耗掉多少魔力。進入戰鬥時，克拉肯大概會大鬧一番，那樣的話會在海中掀起大浪、打碎冰層，變成無法戰鬥的狀況。一掉到海裡就馬上出局了。

第四，進入空氣做成的球中，潛到海裡。我試著做了一個，走到海中看看。結果，我真的潛到海裡了。可是，這樣子受到克拉肯的攻擊就完蛋了吧。而且，我可以從這個球中發動攻擊嗎？

只要破掉就完了。氧氣也是一個問題。我考慮各種情況，發現空氣球不可行。

再來就是騎著熊戰鬥了。

我召喚出熊緩和熊急。

「你們兩個會游泳嗎？」

兩隻熊走到海裡，開始游泳。

原來會游啊。也是啦，北極熊也會游泳嘛。

如果說有什麼問題，那就是我不曾在海裡游泳過。更重要的是，我最後游泳是幾年前？

我試著回想，發現最後一次是在小學的游泳池上課時。要是從熊緩牠們的背上掉下來，我就死定了。可是，騎在熊緩牠們背上的時候就算睡著也不會掉下來，也許不會摔落吧。

只不過，一旦開始戰鬥，我一定會渾身濕透。而且如果克拉肯潛到海底，我一樣無能為力。

這個方案就暫時保留吧。嗯……我找不到其他可以打倒牠的方法。還有什麼故事可以作為海上戰鬥的參考嗎？

其實可以在水中呼吸並自由行動是最好的。可是強求不存在的東西也沒有意義。

那麼，像摩西一樣讓大海一分為二？不，不可能的。而且如果被牠逃掉，我也追不上去。重點是我大概做不到那種事。

……不行。

……不採用。

……駁回。

……我拒絕。

……我不要。

……沒辦法。

後來，我想到一個方法。

嗯，就用這個方法來試試看吧。就算失敗也不痛不癢。成功的話就能夠戰鬥。要是行不通，再想其他的方法就行了。

93 熊熊出發去狩獵克拉肯

隔天，想到克拉肯狩獵方法的我，為了取得許可而前往冒險者公會。就像昨天一樣，冒險者公會的職員忙碌地到處奔波。奇怪的是這些工作有一半都是商業公會的職責。負責下指示的是身為冒險者公會會長的阿朵拉小姐，但商業公會的職員也會乖乖地工作。我找到看起來很忙碌的阿朵拉小姐，向她搭話。

「優奈，怎麼了？」

「該說是商量還是請求呢，我有事想要拜託妳。」

「什麼事，如果是妳的請求，什麼都可以。」

如果我是男人，應該會對「什麼都可以」這句話有反應吧。

我想著這種蠢事時，阿朵拉小姐的豐滿胸部靠近我的臉。請不要把這麼大的胸部壓到我臉上，我很想這麼大叫。絕對不是因為羨慕她喔。

「可以到沒有人在的地方談嗎？」

我看著周圍提出這個要求，她就帶我到後面的辦公室裡。

「雖然有點亂，妳坐吧。」

這裡有許多文件堆積如山。全部都和工作有關嗎？這是從昨天就開始的吧。阿朵拉小姐該不會都沒有睡覺吧？

「所以，妳想拜託什麼事？」

「我想要和克拉肯戰鬥，所以有些事想拜託妳。」

「……」

阿朵拉小姐張開嘴巴愣住。

「抱歉，我好像太累，不小心聽錯了。我剛才聽到妳說要和克拉肯戰鬥，是我聽錯了吧。」

「我的確有說要和克拉肯戰鬥。」

「妳是認真的？」

「因為我找到打倒克拉肯的理由了。」

「理由是什麼，有需要賭上性命嗎？」

「不是什麼了不起的理由啦。只是一點個人因素。」

我實在不敢說是為了白米和醬油與味噌。

「唉，那麼總而言之，妳說的請求是要找人幫忙打倒克拉肯嗎？不可能的。能夠和克拉肯戰鬥的冒險者一個也沒有。如果是布里茨他們，或許可以稍微幫上一點忙。不過我已經委託他們做別的工作了。」

我知道這件事。因為我昨天才目送他們出發。

「我會一個人和克拉肯戰鬥，所以沒關係。」

阿朵拉小姐靠近我，把手放到我的額頭上。

「沒有發燒呢。克拉肯可不是一個人就可以打倒的魔物喔。不管妳有多強都不可能的。妳可不要以為能夠打倒盜賊就能夠打倒克拉肯了喔。」

也對，遊戲裡的克拉肯也不是一個人就能夠打倒的魔物。

「就算我說相信我也不行嗎？」

「我順便問問，勝算有多少？」

「只要克拉肯出現在指定的地點，我就會打倒牠。」

阿朵拉小姐定睛凝視著我的雙眼。

然後，她輕輕地嘆了一口氣。

「唉，我知道了。那我要做什麼才好？」

「在盜賊出沒的路上，有個面海的大懸崖對吧？」

「是啊。」

「我想要在那附近戰鬥，所以我希望不要有人靠近那裡。還有，當天會很危險，不只是不能釣魚，也不能讓任何人靠近海邊。」

「妳打算怎麼把克拉肯引到那裡？」

我說明自己要準備誘餌的事情。

「我也不知道能不能釣到就是了。」

「說得也是。根本沒有人想過要釣克拉肯，也沒有那麼做過。可是，就算成功把牠引誘過來，也有可能會被牠逃掉吧？」

「我不會讓牠逃掉的。」

只要能讓牠來到懸崖附近就是我的天下了。到時候我會讓克拉肯體會被當成獵物的恐懼。

「嗯……我知道了。給我一點時間。我會在那之前說服居民的。」

「謝謝妳。」

「不需要道謝。妳這麼做也是為了這座城鎮。」

其實是為了白米和醬油與味噌，但我說不出口。

「另外可以請妳追加野狼肉嗎？可以拿來當說服的籌碼。」

我說如果這樣就可以的話，要我拿一千隻或兩千隻出來都可以，但她卻說只要兩百隻就夠了，真可惜。

隔天，阿朵拉小姐來到旅館。

「優奈。依照約定，我已經禁止居民在兩天後外出了。」

「呃，雖然是我自己提出的，但真虧大家都可以接受呢。」

我昨天才拜託，今天就辦好了。她必須向鎮上的居民說明，說服起來應該也會很花時間。

「海邊只要請漁夫中最地位最高的老爺爺去說服就行了，其他的地方會由冒險者公會處理，沒什麼。」

「可是，那個老爺爺竟然會答應。」

那種人幾乎都是頑固的老爺爺。

「這個嘛，沒有人會拒絕優奈的請求啦。妳提供食材、擊退盜賊，還把被抓的人救出來了。另外還阻止了商業公會的暴政。」

「商業公會的事情和我沒有關係啊。」

「因為妳提供食材和擊退盜賊才讓壞事曝光，當然是妳的功勞了。所以，老爺爺很爽快地答應了妳的要求。還有，老爺爺有話要我轉告妳：『不要太勉強了。我們很感謝妳。我不知道妳要怎麼打倒那個怪物，需要幫忙的時候就說一聲吧。』他是這麼說的。能讓那個老爺爺說到這個份上可是很厲害的呢。」

我愈來愈不敢說自己是為了米飯而戰了。

「妳該不會把我要跟克拉肯戰鬥的事情告訴老爺爺了吧？」

「因為一定要說出來才能說服他嘛。不過，我已經拜託老爺爺不要跟別人說了，沒問題的。而且如果把這種事告訴其他居民，那就大事不妙了。」

的確，我要和克拉肯戰鬥的事情如果傳開，肯定會引發大騷動。

作戰當天。早上起床的我從房間的窗戶往外看。真是個適合戰鬥的好天氣。比起雨天，晴天果然比較好。我走到樓下，看見迪加先生的身影。

「小姑娘，妳今天要出門嗎？」

「我要去散步。怎麼了嗎？」

迪加先生問我，但我實在不能說自己要去打倒克拉肯，於是這麼回答。

「散步啊。那麼，我幫妳做了好吃的早餐，要好好吃完再走喔。」

「迪加先生的菜一直都很好吃啊。」

我說出真心話。迪加先生的料理全部都很好吃。而且白飯超美味。

「別惹我哭啊！」

他吸著鼻子，微微泛著淚光。

「我會做好飯菜等妳回來，一定要回來喔。」

「我一定會在晚餐前回來的。」

他不厭其煩地重複叮嚀我一定要回來，我才走出旅館。他是在擔心住宿費嗎？也對，畢竟我是唯一一個房客。

我來到通往城鎮外的出口，看到包括阿朵拉小姐在內的幾名冒險者公會職員。

「早安。」

我向大家打招呼，阿朵拉小姐和職員們便回應了我。她該不會也告訴職員了吧？

「那麼，我們就出發了，不管前面發生什麼事都不可以讓任何人過去喔。」

阿朵拉小姐對職員下指示。可是，她說我們？

「阿朵拉小姐該不會也要跟我來吧？」

「是啊，當然了。我怎麼可以讓妳一個人去呢？」

「很危險喔。」

「危險的時候，我會扛著妳逃跑的，沒問題。」

「我不會有問題的，請妳一個人逃跑。」

我勸告阿朵拉小姐。真的有危險的時候，我希望她可以逃走。我來到城鎮外頭，召喚熊緩與熊急。

「牠們就是召喚獸吧。」

因為沒有必要隱瞞，我已經跟阿朵拉小姐說過熊緩牠們的事。

「請妳騎上這隻黑熊。」

「哎呀，可以嗎？」

「我想要早點打倒，早點回來。」

「真是可靠呢。」

我騎到熊急身上，前往預定要和克拉肯戰鬥的懸崖。

我騎著熊急，看著海前進。真是一片寧靜的海。真不敢相信這裡會有克拉肯。可是，我昨天

好像有在遠處的海面上看到克拉肯。

「欸，優奈。為什麼妳願意做到這個地步？對妳來說，這裡只是一個和自己無關的小鎮吧。這裡又沒有妳認識的人，我實在搞不懂妳為什麼要賭上性命和克拉肯戰鬥。」

阿朵拉小姐用認真的眼神看著我。看到她的眼神，我根本不敢說是為了白米和醬油與味噌。

「阿朵拉小姐和迪加先生、尤拉小姐、達蒙先生。這裡有很多我認識的人啊。」

我來到城鎮已經認識了一些人。阿朵拉小姐也是，雖然我第一次見到她的時候覺得她很離譜，但其實是個好人，迪加先生也會為我擔心。撇開米飯的事不談，我的確想要幫助他們。

「謝謝妳。雖然我很高興妳這麼說，但是不可以太勉強喔。」

過了一會兒，我們來到目標中的懸崖。

「要在這裡戰鬥嗎？」

「前提是克拉肯有來。」

我從熊熊箱裡取出要用來吸引克拉肯的誘餌。

我拿出的東西是在王都打倒一萬隻魔物時獲得的蠕蟲。而且，因為時間靜止的關係，蠕蟲還是剛剛死亡的微溫狀態，非常新鮮。

「等等，這是什麼！」

阿朵拉小姐看到蠕蟲，大聲叫道。

「是蠕蟲。」

「我看了也知道。為什麼妳會有這種東西？而且妳拿出野狼的時候我就在想了，妳的道具袋是怎麼回事？」

「這是高級道具袋。」

「跟妳在一起時總是會發生令人驚訝的事呢。難怪妳會有艾爾法尼卡的印記。可是，妳要拿這隻蠕蟲做什麼？」

「我打算用這個當誘餌，把克拉肯引過來。」

「這麼浪費沒關係嗎，蠕蟲可以當作高級食材，高價賣給一部分的人喔。」

果然可以拿來吃。嗯，我絕對不會想吃。而且我也不缺錢。

「如果用蠕蟲就可以拯救城鎮，我覺得很划算。」

我試著說了一句有點帥氣的話。其實只是因為我不想吃，也不想因為賣掉牠而出名罷了。

「優奈，妳這孩子真是的。」

阿朵拉小姐好像很感動。雖然我沒有說謊，現在卻很難說實話了。

我一邊和她對話，一邊繼續做事。我使用冰魔法，讓蠕蟲的下半部包覆著冰，從懸崖上朝海面垂吊下去。看起來就像是懸崖前端有巨大的冰柱吊著蠕蟲一樣。

蠕蟲的身體大概有一半浸泡在海水中。

我以前曾經在電視上看過有人用幼蟲釣魚。蠕蟲和幼蟲很像嘛。所以，我才想說能不能拿來當作克拉肯的誘餌。

實際上，克拉肯是會吃人的肉食性魔物。那麼，牠應該也會吃蠕蟲吧？

蠕蟲很龐大。相對地，氣味也比較容易在海中擴散。順利的話，克拉肯就有可能會來到這個懸崖邊。

如果牠沒有來，我就只能騎著熊在海上戰鬥了。我並不想要那樣戰鬥，所以只能祈禱克拉肯會來了。

「沒來呢。」

自從我把蠕蟲吊到海裡以後，已經過了一段時間。我待在熊緩和熊急中間望著海。大海真是平靜。用蠕蟲果然釣不到牠嗎？

「釣魚要有耐心喔。」

身為家裡蹲的我當然沒有釣過魚。雖然我沒有釣過魚，但釣不到魚還真無聊。要是再繼續被熊緩牠們夾在中間，我就要睡著了。

我依照阿朵拉小姐的建議，悠閒地望著海面，卻發現海浪好像變高了。熊緩牠們看著海面，小聲叫著。我站起來望向海上。

「優奈？」

我覺得遠方好像有什麼東西。我使用探測技能。克拉肯的反應出現了。牠正用驚人的速度往我所在的懸崖移動。我看到了海中的克拉肯。接著，細長的觸手從海裡衝出來，纏住蠕蟲。冰柱

被折斷，而蠕蟲則被拖進海裡。

「優奈！」

「阿朵拉小姐請後退！」

我發動土魔法，在心中想像巨大的熊，高度相當於懸崖。

用土石製成的好幾隻巨熊從海底出現，以我所站的懸崖為中心圍出一個半圓，形成一道緊密的堅固熊牆。

我因為久違的強大魔法而大量消耗魔力，一股脫力感向我襲來。

這道牆不只是巨大，為了防止被克拉肯破壞，我也增加了強度。相對地，我失去了大量的魔力。可是，我也因此成功將克拉肯困在巨大的熊牆之中。

克拉肯沒有注意到自己已經被關在熊牆內，正打算吃掉蠕蟲。

好大的魷魚。克拉肯代表了巨大的章魚或魷魚。這次出現在我面前的是魷魚的類型。

我做出無數隻大型火焰熊，朝著正在吃蠕蟲的克拉肯施放。火焰熊灼燒著克拉肯。燒焦的臭味飄了過來。克拉肯潛入海中，熄滅熊的火焰。克拉肯注意到我的存在，對我伸出觸手。牠搆得到這裡嗎？

我放出風之刃，切斷往懸崖上伸過來的觸手。馬上又有別的觸手伸了過來。我躲開觸手，放出火焰。觸手燒了起來，但克拉肯立即退回海中滅火。

我接二連三地做出火焰熊，往巨熊之牆所圍起來的海中施放。

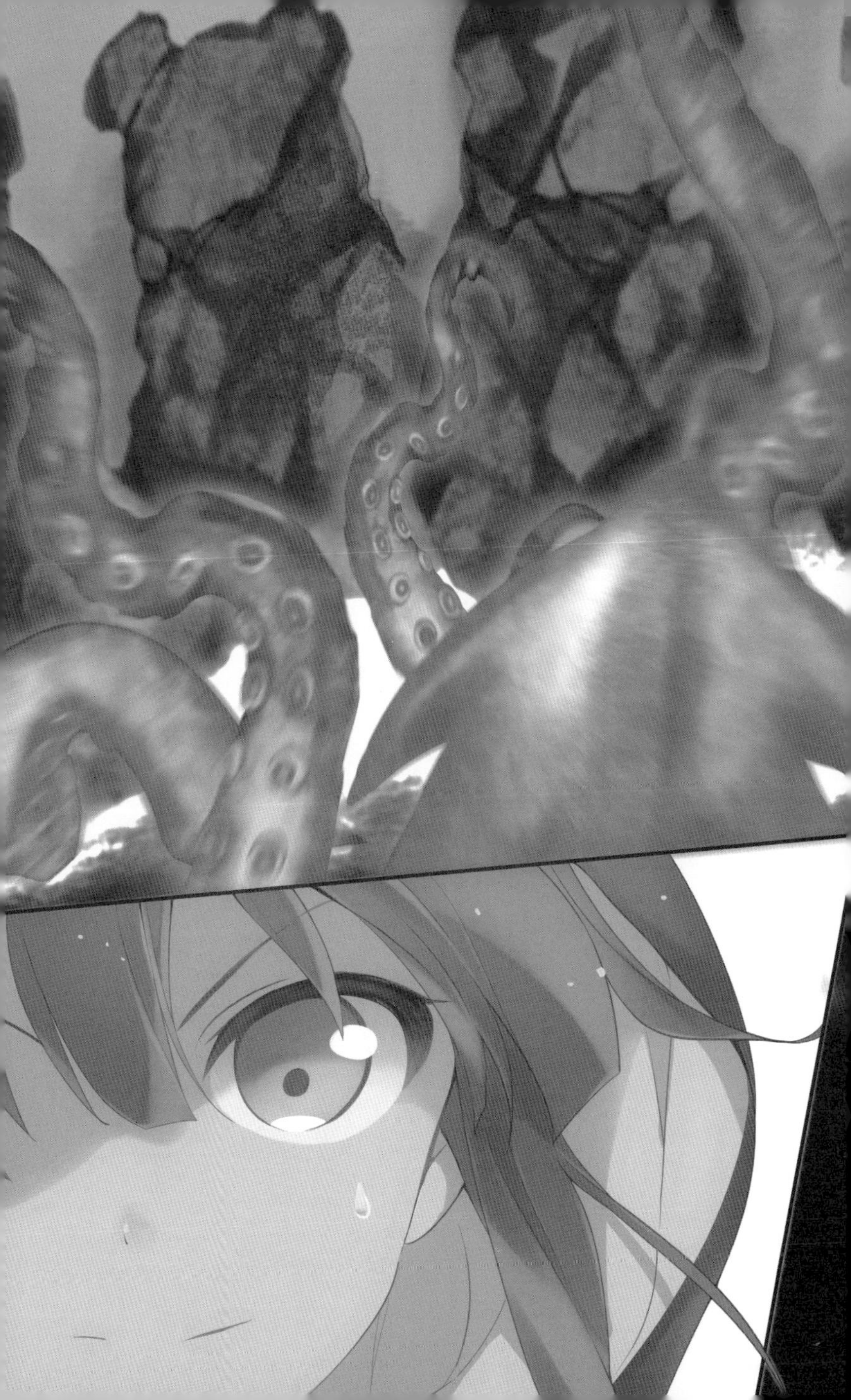

克拉肯對待在懸崖上的我伸出觸手。我退到後方，放出火焰熊。待在地面上果然很有利。

我單方面地發動攻擊。克拉肯放棄攻擊我，想要逃入海中。可是巨熊之牆擋住了牠，讓牠無法逃走。牠想要爬上去，但被我用魔法攻擊，打回海中。只要牠潛到海裡，我就會朝海水擊發熊熊火焰。

海水的溫度因為火焰熊的關係而不斷上昇。被巨熊之牆圍住的區域變得像是一只熱鍋。克拉肯痛苦掙扎。牠不斷用身體衝撞熊熊牆壁。這可是注入大量魔力的熊熊牆壁。不可能這麼容易就被牠撞壞的。

海水開始咕嚕咕嚕地沸騰起來。克拉肯伸出觸手試圖攀爬熊熊牆壁，但我不會讓牠得逞的。

我用熊刃術切斷觸手前端。可是觸手馬上再生，又伸了出來。不，仔細一看會發現並不是再生，似乎是切斷的兩條觸手接在一起。

也就是說，再切也沒有用。這類型的再生只要還有魔力，大概就能持續下去，該不會要跟牠比誰的魔力多吧？

勝負關鍵在於我能不能在魔力用完之前讓克拉肯耗盡力氣，否則牠就會逃走。

克拉肯一次又一次地朝熊熊牆壁伸出觸手。而我則每次都用魔法攻擊將牠打落。

早知道就把熊牆做得更高了。我根本沒想到戰鬥會演變成這個樣子。

我現在才發現因為不會有肉搏戰，所以應該穿著白熊服裝戰鬥才對。那麼做的話，我就可以一邊慢慢回復魔力一邊戰鬥了。

如果魔力快要見底，為了換上白熊服裝，我搞不好就要落得在這裡跳脫衣舞的下場了。

我不想要那樣啊～

就算這裡只有阿朵拉小姐在，在別人面前換衣服還是很令人害羞。可是，如果這是狩獵克拉肯的代價，我是不是非跳脫衣舞不可呢？

海水因為火焰熊而沸騰，附近開始冒出蒸氣，變得像是高溫浴池一樣。周圍的溫度也因此而上昇。外部的氣溫大概很熱，但我因為穿著熊熊服裝的關係，並不覺得熱。

克拉肯因為滾燙的海水而瘋狂地掙扎著。懸崖也有一部分崩塌，失去了原本的模樣。我一邊攻擊克拉肯，一邊防止牠脫逃。

我現在才想到只要做出蓋子就行了，但剩下的魔力卻不太可能做出來。

嗯……戰鬥開始之後，我才發現計畫有很多破綻。下次戰鬥的時候，我可得注意才行。

就這樣，只有我單方面擊發火焰熊的攻防戰（？）一直持續著。克拉肯伸出觸手，拚命地想要逃走，但我是不會讓牠跑掉的。我在心中祈禱戰鬥快點結束。我的疲勞感愈來愈強了。我可以感覺到魔力快要消耗完畢。

這下子就要上演快速換裝的脫衣舞了。

當我這麼想的瞬間，克拉肯的動作開始變得遲緩。牠不再伸起觸手，也停止用身體衝撞熊熊牆壁。我停下攻擊的手，觀察情況。克拉肯停止了動作。

我使用探測技能，然後確認到克拉肯的反應已經從探測技能上消失。

……結束了。

我坐到地面上，接著仰躺在地。

我累壞了。因為過度消耗魔力，身體好沉重。可是，總算是不必跳脫衣舞了。

「優奈！」

阿朵拉小姐跑到我身邊。她的額頭上冒出好多汗。因為這裡很熱嘛。

「阿朵拉小姐。已經結束了。」

「牠真的死了嗎？」

阿朵拉小姐看著漂浮在沸騰海水上的克拉肯。克拉肯連一根觸手也沒有動。

「我打倒牠了。阿朵拉小姐，接下來可以麻煩妳嗎？我用了太多魔力，已經動不了了。而且我好累，好想睡覺。」

我已經連走路的力氣都沒有了。

「嗯，當然可以。接下來就交給我吧。還有，謝謝妳。」

我不敢說是為了白米和醬油與味噌，用笑容回應她。

我把熊緩牠們叫來。熊急靠近我，擺出方便我騎乘的姿勢。

「謝謝。」

我騎著熊急，阿朵拉小姐騎著熊緩返回鎮上。

我們回到城鎮入口的時候，有許多人聚集在那裡。

「會長！」

公會職員跑了過來。

「這是怎麼了？」

「有人在會長前進的方向看見克拉肯出現，在居民之間引發騷動了。」

阿朵拉小姐猶豫了一下，然後開口說道：

「克拉肯已經被這孩子——優奈打倒了。」

她指著倒在熊急身上的我。

啊，我忘記拜託她不要張揚了。

現在的我就連拜託這件事的力氣都沒有，只想要快點回旅館睡覺。

「會長，這是真的嗎？」

「是啊，是真的。如果你們不相信，去看就是了。那裡有克拉肯的屍體。」

「不會有危險嗎？」

一名職員說道。而阿朵拉小姐說：

「有什麼危險？既沒有盜賊，也沒有克拉肯。到底哪裡危險了？」

「這……」

「不說這個了，可以讓路給我們嗎？我想要送拯救這個城鎮的英雄回旅館睡覺。」

「可是，讓這兩隻熊進到鎮上……」

職員看著熊急和熊緩。

「我保證沒有危險。而且叫和克拉肯戰鬥而累壞的恩人從熊的身上下來這種話，我說不出口。我也會唾棄說出這種話的人。」

阿朵拉小姐掃視在場的所有人，讓他們安靜下來。

公會職員與居民讓出道路。有路可走以後，載著我的熊急便走過去，往旅館前進。

「小姑娘！」

我回到旅館，聽到迪加先生大叫。

「我沒事……只是有點累了……我要睡一陣子，不要叫醒我喔。」

熊急龐大的身體進入旅館，走上狹窄的階梯。熊緩跟在後面。來到房間前面的時候，我從熊急身上爬下來打開門。

「熊急，謝謝你。」

我把熊急和熊緩變成小熊，讓牠們進房。

「不管是總統還是總理大臣或是國王，誰來都不要叫醒我。」

現在才剛過中午，我卻很疲憊。使用太多魔力了。我有一種脫力感。

我努力脫掉衣服，把衣服翻面，換成白熊服裝。

我就這麼倒到床上，變成小熊的熊緩牠們來到身旁陪伴我。我對熊熊們道謝後進入夢鄉。

94 熊熊醒過來

我醒過來時，熊緩牠們就睡在我的身邊。

現在幾點？

我從床上下來，打開窗簾，再打開窗戶。

往大海的方向可以看到朝霞。我從中午睡到早上，到底睡了幾個小時啊。

睡了這麼久，我的疲倦感已經消失，體力和魔力都恢復了。雖然有點早，我還是換上了黑熊服裝，向擔任貼身保鑣的熊緩和熊急道謝，然後召回牠們。

我走出房間，來到一樓時，迪加先生剛好從後面的房間走過來。

「小姑娘，妳醒了啊！已經沒事了嗎？」

他一大早就一臉擔心地用大嗓門對我說話。

「我沒事啦。只是因為用太多魔法，累了而已。」

「這樣啊。妳沒事就好。」

他露出安心的神情。我似乎讓他擔心了。

「小姑娘，原來妳真的是很厲害的冒險者。明明看起來就這麼可愛。」

他輕輕拍著我的頭。

「你知道克拉肯的事了嗎？」

「妳回來旅館的時候，我聽阿朵拉說過了。」

也對，我在那種情況下回來，任誰都會問的。

「對了，妳餓了嗎，妳什麼都還沒有吃吧？」

我摸摸自己的肚子。摸起來扁扁的。不是胸部喔，是肚子扁扁的。

「我好像餓了。」

「那我馬上準備，妳等一下。」

迪加先生彎起手臂秀出肌肉，然後走向後方的廚房。

「你慢慢來就好。」

我發著呆等待迪加先生做的早餐時，阿朵拉小姐就走進旅館了。

「優奈，妳醒了啊！」

「我才剛起床。」

「身體有沒有什麼不舒服的地方？」

阿朵拉小姐一臉擔心地觸碰我的手和身體。

「我沒事。睡了一覺起來，我的魔力已經恢復了，就跟平常一樣。」

「因為妳到了晚上還是沒有醒來，我很擔心呢。」

她看起來真的很擔心。和迪加先生一樣，我好像也讓她擔心了。

「可是，幸好妳沒事。」

我正在和阿朵拉小姐說話的時候，迪加先生就端早餐過來了。

然後，看到早餐的我很驚訝。

「米飯！我還以為沒有了。」

「這是鎮上的人拿來的。」

「為什麼？」

「昨天可是一片混亂呢。有很多居民都想要對小姑娘道謝，全都擠到旅館來了。」

「當時的確很混亂。」

阿朵拉小姐點頭同意迪加先生的話。

「我們回到鎮上不久，克拉肯被打倒的事情就馬上傳遍整個城鎮了。所有人一知道打倒牠的人就是住在這裡的優奈，就全都跑到這間旅館來了。」

不知道當時聚集了多少人來。我實在不願意想像。

「可是，妳已經累得睡著了，我們也不能叫醒妳。所以，我們說服他們安靜下來，請他們回去了。即使如此，還是到處都有想道謝的居民跑過來，情況很混亂呢。」

原來在我睡著的時候還發生了這麼麻煩的事啊。

「後來，我說小姑娘喜歡吃米飯，居民就收集自己家裡剩下的米，一起拿過來了。雖然每一

家提供的量很少，但全鎮的量集中起來就變得相當多了。」

這讓我相當高興。

就算打倒了克拉肯，我也不知道有白米的和之國在哪裡，連船下次什麼時候來都不知道。所以，我還以為自己暫時是拿不到了。

「我是很高興，但我真的可以收下嗎，這是珍貴的糧食吧？」

「妳在說什麼啊！因為妳打倒克拉肯，糧食問題已經解決了。大海可是食材的寶庫。我們有很多食物可以吃。」

既然這樣，我就心懷感激地收下吧。

對了，這麼說來，我是不是有點對不起到隔壁鎮採購的布里茨他們？

算了，他們應該會買魚以外的東西過來，所以大概沒關係吧？

「既然居民會來道謝，就表示我打倒克拉肯的事情已經傳開了吧。」

「也有人看到克拉肯和妳的戰鬥過程喔。所以，事情一下子就傳開了。」

當時還有人在場嗎？我都沒發現。

我差一點就要開始快速換裝了。問題不在這裡，雖然這也很重要。其實我希望能像王都那次一樣不要鬧大，但這次大概也無可奈何吧。說是碰巧經過的階級A冒險者打倒的又太牽強了。

「我還是有請大家不要給優奈添麻煩。妳在擔心什麼？」

「我只是覺得我打倒克拉肯的事情傳開的話會很麻煩而已。我不想要太引人注目。」

阿朵拉小姐和迪加先生看著我。我知道你們想說什麼。

「所以，雖然有點太晚了，我希望大家不要張揚。」

「那應該沒辦法吧，已經有很多人知道了喔。」

「看昨天的情況，我想應該沒辦法。」

兩人反駁了我的請求。

「那麼，可以至少請鎮上的人不要告訴外人嗎？」

「這就不用擔心了。這個城鎮和其他城鎮的交流本來就很少。而且就算說打倒克拉肯的人是個打扮成熊的女孩，也不會有人相信的。如果外面有這種傳言出現，我也絕對不會相信。」

的確，就算跟別人說克拉肯是我打倒的，也沒有人會相信。實際上，真的有人可以一個人打倒克拉肯嗎？因為我沒有遇見過很強的人，所以也不太清楚這部分的情況。希望下次可以見到高階冒險者。

「不過，我還是會請居民不要張揚的。」

這也沒辦法。我就祈禱事情不要傳出去吧。

我應該高興克拉肯已經被打倒，讓我可以拿到白米、醬油與味噌。

我用居民給的米飯填飽肚子，早上和阿朵拉小姐一起走出旅館散步。我們來到外頭，即使現在是一大清早，路上還是有很多的人。大家的臉上都浮現笑容，對話時看起來也很愉快。

有幾名年長女性注意到我從旅館走出來。

「阿朵拉，這位小姑娘就是打倒克拉肯的熊女孩吧。」

「是啊，就是她打倒的。」

「真的是這麼可愛的女孩子打倒那個怪物的嗎？」

「真的很謝謝妳喔。我先生也一大早就開心地出海去了。這也是託小姑娘的福。」

「我先生也一樣。他本來總是一臉憂鬱，可是在跑去看死掉的克拉肯回來後，就高興地哭了呢。」

大家都對我說著感謝的話。看到這些笑容，就算和白米或醬油與味噌無關，我也很慶幸自己有打倒克拉肯。

「對了，為了慶祝克拉肯消失，鎮上會招待大家吃魚，妳要來參加喔。」

「我們會做好吃的料理，來吃吧。」

阿姨們說完想說的話便離開。後來走在鎮上，我也不斷聽到居民向我道謝。

「大家都想要對優奈道謝。這樣其實已經算是比較低調的了。」

可是，再這樣下去有可能會被居民抓住，所以我和阿朵拉小姐一起前往和克拉肯戰鬥的懸崖。

我們騎著熊緩和熊急來到懸崖附近，便看見有白煙從海上冒出來。

「這裡好像還留著優奈的魔法造成的影響呢。」

是因為火焰熊嗎？

我們來到懸崖旁邊，看到有個老人正在看海。

「克羅爺爺？」

「是阿朵拉姑娘啊。」

看來他是阿朵拉小姐的熟人。

「克羅爺爺，你怎麼會來這裡？」

「因為我覺得只要待在這裡，就可以遇到打倒這隻魔物的人。」

「可是，捕魚的工作怎麼辦？」

「那種事交給年輕人去做就行了。我必須向打倒這隻魔物的人道謝。那麼，打倒這隻魔物的人就是那邊那位打扮成熊的小姑娘對吧。」

「嗯，沒錯。」

被稱呼為克羅爺爺的老爺爺來到我面前。

「雖然我已經聽說過了，但沒想到會是這麼小的女孩子。我在這個城鎮也算是負責管理海邊的人。這次妳救了城鎮和大海，謝謝妳。」

老爺爺對我深深低下頭。

然後，老爺爺抬起頭站到懸崖邊，看著遠方海面上漂浮的船隻。

「我能像這樣看到漁船漂浮在海面上，也是託了小姑娘的福。」

我看見老爺爺的眼裡微微泛著淚光。

我絕對不敢說自己打倒克拉肯的理由是白米和醬油與味噌。

「我以為沒有人可以打倒這種魔物。不管是什麼樣的冒險者或軍隊，都不一定可以打倒牠。鎮上的人根本不了解這一點。他們不知道妳做了一件多麼驚人的事。」

「不用放在心上。我只是剛好有方法可以打倒牠而已。我不希望鎮上的人太過張揚，所以請不要在意。」

現在的我只說得出這些話。

「這樣啊。如果妳在這個鎮上遇到什麼問題，可以告訴我。我發誓會幫助妳。」

我對老爺爺道謝。

「對了優奈，妳打算怎麼處理克拉肯？」

阿朵拉小姐看著浮在海面上的克拉肯問道。

「克拉肯可以賣嗎？」

「當然可以賣了。牠是高級食材，皮也有各種用途。因為很稀少，所以能夠賣到相當的價錢。」

「那麼，就送給這個城鎮吧。」

「可以嗎！賣掉的話會是一筆錢喔。」

「只要能夠幫助到城鎮就好。應該也有人的船被克拉肯弄壞了吧。」

「真的可以嗎，雖然幫助很大。」

「如果妳不管怎麼樣都覺得不好意思，只要介紹一塊這個鎮上景致很好的土地給我就好。」

因為我想要設置熊熊傳送門。

「優奈，妳想要搬到這個鎮上嗎？」

我搖搖頭。

「只是要當成別墅而已。為了在天氣變暖的時候帶認識的人來玩。」

帶菲娜等人來這裡游泳也不錯。她們應該沒有看過海。我想帶她們過來。

話說回來，這個世界的人都穿什麼衣服游泳呢，會有泳衣嗎？應該不太可能是裸體，我希望會有。

「那樣的話，住旅館也可以吧，我想迪加先生應該很樂意讓妳住宿。」

如果那麼做，我就不能設置熊熊傳送門了。要爬那座山太麻煩了。

「可是，我很高興妳願意讓出克拉肯，但這樣下去我們什麼都不能做呢。」

克拉肯在海中載浮載沉。

「就算要肢解，也要搬到陸地上才行呢。」

的確沒錯。一般來說，就連搬到沙灘上都是一大工程。

「等我一下。」

我用土魔法做了一段從懸崖上通到克拉肯那裡的階梯。

我走下階梯，碰觸克拉肯浮在海面上的一部分身體，將牠收進熊熊箱。我同樣也將煮熟的蠕蟲收進熊熊箱，回到兩人的身邊。

「優奈，妳究竟……」

「我不太想要讓人家知道這個道具袋的事，請妳保密喔。」

「是可以啦。像這樣看著剩下的熊形牆壁還真壯觀。」

海中矗立著幾隻以土石製成的熊。

「我現在就消除掉。」

「等一下。」

我正要消除時，被老爺爺阻止了。

「可以把這道牆留下來嗎？」

「為什麼？」

「為了不要忘掉這次的事。人們的記憶會隨著時間經過而褪色，逐漸被遺忘。為了不要忘記小姑娘救了我們的事、克拉肯出現的事以及葬身大海的人們，希望妳可以留下來。」

老實說我並不想留下來，但老爺爺都說到這個份上了，我也下不了手。於是我答應了老爺爺的要求。

「那麼，你們要在哪裡肢解？」

「這個嘛，要肢解的話，城鎮附近的沙灘應該不錯。要叫人到那裡也比較容易。」

「是呀。如果有人問是怎麼搬過去的，只要說是優奈的魔法，大家應該也能夠理解。」

我不希望他們這麼輕易地理解，但這或許是個好方法吧？

「那麼，我會集合回港的漁夫到那裡去。」

「我要回公會叫會肢解的職員過去。」

老爺爺走上停靠在附近的船，阿朵拉小姐也一起上船。由老爺爺掌舵的船開始移動，往城鎮前進。

我騎著熊緩前往預定進行肢解的沙灘。然後，我取出克拉肯和蠕蟲放在沙灘上。兩隻魔物都煮得恰到好處。

95 熊熊參加宴會

根據克羅爺爺的說明，應該就是這裡了吧。

我從熊熊箱裡取出克拉肯和蠕蟲放到沙灘上，看著海等待。真是寧靜的海。實在不像是到昨天為止還有克拉肯出沒的海域。

那隻克拉肯現在就躺在沙灘上。不管怎麼看都是一隻巨大的魷魚。我很懷疑牠是不是真的可以食用。不過，這裡的生態系和地球應該也不一樣，大概可以吃吧。可是，我唯獨無法接受放在牠旁邊的蠕蟲。我並沒有食用蚯蚓或幼蟲的習慣。就算被罵挑食，我也不打算吃牠。

我不再看蠕蟲，眺望著海面，這時有人的聲音傳來。我望向聲音傳來的方向，看到克羅爺爺領著幾個男人往沙灘走過來。

「小姑娘，讓妳久等了。」

「人真多呢。」

「因為我們想早點肢解完，去參加海鮮宴會啊。」

克羅爺爺對男人們說話，指示他們做肢解的準備，男人們則大聲回應。然後，男人們經過和老爺爺待在一起的我身邊時，就會對我說「謝謝」。被道謝讓我開始感到害臊。

克羅爺爺一一下達肢解作業的指示。依照他的指示，男人們分工合作，著手進行克拉肯的肢解作業。老爺爺的地位相當高呢。

我正在看著克拉肯的肢解過程時，這次換阿朵拉小姐帶公會職員過來了。

「哎呀，已經開始了呢。那麼，那邊就交給專家，我們來肢解蠕蟲吧。」

阿朵拉小姐開始指示公會職員肢解蠕蟲。看來現場已經分成老爺爺等人肢解克拉肯，阿朵拉小姐等人肢解蠕蟲的兩隊人馬。

「優奈，妳把蠕蟲的素材也給我們真的沒關係嗎？」

「看是要賣還是要吃，你們可以自由決定。可是，請千萬不要加進我要吃的料理。就算是開玩笑，我也會大發雷霆喔。」

「我們才不會開那種賭命的玩笑呢。」

「可是，這種怪東西真的好吃嗎？」

「誰知道，我也只是聽說而已。」

「把這種東西放進嘴裡，阿朵拉小姐一點都不會覺得反感嗎？」

「不太會呢。我不懂妳為什麼要這麼排斥。」

這就是飲食文化的差異嗎？這麼說來，不知道菲娜是哪一種人。可以的話，我希望她和我是同一種人。阿朵拉小姐和公會職員開始進行蠕蟲的肢解作業。

公會職員可能是很習慣了，將刀子插在魔物身上，開始肢解。

我在稍遠處看著兩隻魔物的肢解過程，這時尤拉小姐帶著一群女人過來了。

「雖然我昨天看過了，再看一次還是很大呢。」

「尤拉小姐該不會也要幫忙肢解吧？」

「雖然技術比不上專家，但克拉肯就是大型魷魚吧。只要是在這個城鎮長大的人，大家都會肢解的。可是，我們對那個就有點經驗不足了。」

她看著蠕蟲回答，不過女人們則分頭加入克拉肯和蠕蟲的肢解作業。人數增加，讓肢解作業進行得更加快速。

「小姑娘，可以打擾一下嗎？」

克羅爺爺出聲喊我過去。

「這東西我們實在是不能收，妳拿去吧。」

他交給我的東西是一個又大又漂亮的藍色魔石。這是克拉肯的魔石。

「我活到這把年紀還是第一次見到這麼大顆的魔石。這也代表妳打倒的魔物有多麼巨大呢。」

「我可以收下嗎？」

「鎮上的人拿到這麼大顆的魔石也用不到。比起賣掉，身為冒險者的妳拿去還比較有用處。而且這本來就是妳的東西。」

既然這樣，我就心懷感激地收下了。以後說不定會派上用場。

「那麼，優奈。這個也要交給妳。」

阿朵拉小姐把蠕蟲的魔石交給我。顏色是褐色。這是土之魔石嗎？

「其實你們賣掉也沒關係的。」

「我們已經從妳那裡拿到很多了。而且唯有這樣東西，我們不能收。魔石是冒險者狩獵魔物的證據。這些是優奈打倒了克拉肯和蠕蟲的證據。我們可不能賣掉這些。就算要賣，也要由妳來賣才行。」

聽到阿朵拉小姐這番話，我決定坦率地收下魔石。

肢解作業順利地進行著。肢解出來的素材被堆到馬車上，運送到城鎮裡。有些東西似乎要冷凍保存。

「對了，小姑娘。這裡的事情就交給我們，妳回到鎮上參加宴會吧。」

「宴會？」

「就是慶祝克拉肯消失的活動。」

「鎮民現在應該在料理一大早捕到的魚。我們希望小姑娘可以第一個吃到。」

「要是身為主角的妳不在就沒有意義了。我也要回鎮上，一起走吧。中央廣場應該正在用先運過去的克拉肯和蠕蟲做料理。」

我接受克羅爺爺的好意，和阿朵拉小姐一起回到鎮上。

我們一來到中央廣場就聞到很香的味道。有人正在烤魚和魷魚。那是蛤蜊嗎？貝類也不錯

呢。不知道有沒有蝦子和螃蟹。

因為有用到醬油，味道聞起來香噴噴的。廚師一烤好食物就遞給正在排隊等待的人。大人和小孩都吃著盛得滿滿的料理。他們應該已經很久沒有吃飽了吧。

中央廣場聚集了很多人，正在燒烤克拉肯。或許是為了讓居民見識牠的大小，現場掛著一條克拉肯的觸手。

好長喔。

我正在看著克拉肯的觸手時，發現大家都在看我。

「妳就是打倒克拉肯的熊姑娘吧。這個拿去吃吧。很好吃喔。」

阿姨將裝在小碟子裡的魚料理遞給我。那是加了貝類和蝦子等海鮮的料理。我吃了一口，非常美味。我愈來愈想配白飯吃了。

「小姑娘，這也很好吃喔。」

綁著頭巾的大叔給我一條烤魚。魚肉上淋著醬油。烤魚果然就是要配醬油。如果還有柚子醋就太棒了，但在異世界要求這個實在有點勉強。

「謝謝。」

我移動到餐桌，開始吃拿到的料理。從這個時候開始，鎮民便對我道謝，然後一盤接著一盤地把料理端過來。桌子上排放著海鮮料理。因為是居民的好意，所以我都收下了，但份量這麼多，我實在是吃不完。

「各位，拿這麼多過來，優奈會傷腦筋的。」

阿朵拉小姐幫我阻止了居民。不過，要是沒有吃完，我只要收進熊熊箱就好。總而言之，我決定趁熱吃掉這些料理。每一道菜都非常美味。

「妳真受歡迎。」

「我是很高興可以拿到料理，但不想要引起騷動。」

「那要不要脫掉這身熊熊服裝，那樣的話就不會有人發現妳了。」

她說得一點也沒錯。可是一想到可能隨時會有危險，我就沒辦法脫掉。

「這是詛咒裝備，我不能脫掉。」

「是嗎，那妳很臭嗎？」

阿朵拉小姐靠過來，開始聞我的味道。

「妳在做什麼！」

「因為如果不能脫掉，不就沒辦法洗澡或淋浴了嗎？」

「我當然是騙妳的啊。」

我們正在說著蠢話時，就有小男孩和小女孩跑過來了。

「熊熊，謝謝妳幫我們打倒魔物。」

小男孩對我行禮。

「媽媽說我們有飯吃都是因為有熊熊。」

「熊熊，謝謝妳。」

兩人對我露出滿臉笑容。我彎曲膝蓋，配合孩子們的視線高度。

「你們有吃飽嗎？」

「嗯。」

兩人笑著點頭，我摸摸他們的頭。

「要多吃一點，然後幫媽媽的忙喔。」

孩子們點點頭後離開。

「妳真溫柔。」

「只要對方真心道謝，我就會溫柔對待。要是瞧不起我，我就會生氣了。」

宴會舉行了很久，克羅爺爺也在中途加入了。然後，我聽著喝醉的老爺爺長篇大論地訴說大海的美好。阿朵拉小姐也一起喝了酒，醉得大吵大鬧。

這樣看來，不能喝酒的我是人生失敗組嗎？

太陽開始西沉的時刻，我就像是逃難似的回到旅館。

「優奈小姐，歡迎回來。」

出來迎接我的人是肌肉男的女兒——安絲。她是個有著健康小麥膚色的女孩。和以前是家裡蹲的我這種偏白的膚色完全相反。

「這裡還真誇張。」

旅館裡有男人們正在喝酒，室內都是酒臭味。

「對呀，這表示大家有多高興可以出海。我的哥哥也很開心。」

「對了，迪加先生呢？」

「爸爸已經醉倒了，在後面睡覺。」

「所以妳才會在這裡啊。」

「是的。優奈小姐要吃些什麼嗎，我可以做一些。」

「我已經在外面吃了很多，不用了。」

我吃不下了。

「說得也是呢。到處都有料理可以吃。」

「妳現在在做什麼？」

「我正在顧店，還有準備自己要吃的東西。」

「妳還沒吃飯嗎？」

「因為爸爸很早就醉倒了，所以是由我來幫大家做料理。所以自己就比較晚吃飯了。」

「對了，妳在做什麼？」

「我在做生魚片。把生魚切片，再淋上和之國的醬油就很好吃了。」

是生魚片。我想要沾醬油吃。我摸摸自己的肚子。應該還吃得下一點。

「我也可以吃嗎？」

「魚的話還有很多。」

「順便問一下，有白飯嗎？」

「當然有了。」

那麼，我非吃不可。

安絲把海鮮切得很漂亮。其中還有章魚和魷魚。

「妳的技術真好。」

「因為有經過爸爸的訓練嘛。我將來的夢想是開一間自己的店。」

喔，得到一個超棒的情報了。

雖然我想要把漁獲引進克里莫尼亞城，但可能找不到人可以殺魚。考慮到這一點，安絲的技術就是我求之不得的東西。

安絲將生魚片放到白飯上，遞給我。我淋上醬油吃下去。好好吃。

「如果我邀請妳到我在克里莫尼亞城開的店工作，妳願意來嗎？」

「優奈小姐，妳有在開店嗎？」

「算是啦。雖然我什麼都沒在做。我希望在克里莫尼亞城也可以吃到海鮮料理，如果安絲願意來就太好了。」

「如果真的可以去的話，我也想去。可是那裡很遠，我怕見不到家人會很寂寞。」

也就是說，只要夠近就可以了吧。我一邊吃著海鮮丼，一邊露出笑容。

我享用著超級美味的海鮮丼，和安絲開心地聊到深夜。

熊熊勇闖異世界 4

 番外篇 

孤兒院的孩子們很認真地工作。

他們有好好照顧咕咕鳥，在「熊熊的休憩小店」工作的孩子們也很賣力。

我一直想要為這些孩子們做些什麼。於是，我想到的是孤兒院。雖然我已經修復了孤兒院的建築物，但它依然是老舊又殘破。可是，孩子們一句怨言也沒有。

「所以，我可以重蓋一間孤兒院嗎？」

我向坐在眼前的克里夫發問。

「什麼，怎麼突然跑來這麼說？」

「那畢竟是你城市裡的孤兒院，所以我想跟你商量。我不想要在擅自動手之後又被唸。」

我是來請克里夫允許我重蓋孤兒院的。即使沒有出錢，建築物應該還是在城市的管轄之下。院長說他們是借住在那裡。而且，她也說如果被趕出來，他們就沒有其他地方可以去了。所以我才會來請克里夫許可重蓋孤兒院的事情。

「我說妳啊，妳覺得我是那種心胸狹窄的人嗎？」

「有一點？」

「妳啊……」

「開玩笑的啦。我真的只是來請求許可而已。建築物畢竟還是城市在管理吧。」

「的確沒錯……我知道了。我許可這件事。妳可以放手去做。」

「謝謝。」

「不必跟我道謝。」

我正要走出辦公室時，克里夫叫住了我。然後，他呼喚身為管家的倫多先生過來。

「倫多，準備錢給她。」

倫多先生回應了一句「屬下明白了」，便立即走出辦公室。

「不用給我錢啦。」

「那可不行。這件事我也有責任。雖然我不認為給錢就足以贖罪，但既然妳說要重蓋，我總不能什麼都不做吧。」

「可是……」

「我知道孤兒院因為有妳，已經不需要靠城市的津貼生活了。所以，妳就把這筆錢當作是我的歉意，收下吧。」

就算收下，在蓋房子時也派不上用場。因為我會用魔法來蓋。

「用在任何地方都可以嗎？」

「可以。妳拿去自由使用吧。」

那麼，就拿來買家具和生活必需品吧。例如新棉被等等，還有很多需要的東西。我也想要買齊盤子等餐具。這要跟院長和堤露米娜小姐商量才行呢。

我和克里夫談完以後，管家倫多先生開門走了進來。

「克里夫大人，款項在這裡。」

「拿給優奈吧。」

倫多先生向我遞出放著錢的袋子。

「請收下。」

我道謝後收下。袋子拿起來很沉。這裡面該不會放著相當大筆的金額吧？

「如果多出來，還給你就可以了嗎？」

「不用歸還沒關係。我剛才說過了，其中包含了我的歉意。如果有剩，就在需要的時候使用吧。」

從克里夫那裡取得建築許可的我接著前往孤兒院。

我請院長和莉滋小姐、堤露米娜小姐等三個人集合在屋裡。

「妳說新的孤兒院嗎？」

「嗯，我想要重蓋一間。」

三人聽到我的話都很驚訝。

「多虧優奈小姐幫忙修復，已經沒問題了。沒有風會吹進來，睡起來很溫暖。」

「是的，孩子們也都很高興。」

院長和莉滋小姐並不是客氣，而是真心這麼想。

「而且，房子也不是那麼簡單就可以蓋起來的。」

「用我的魔法，兩三下就蓋好了。」

三人聽到這句話都很傻眼。

「這麼說來，優奈的家也是自己蓋的呢。」

「那間雞舍也是優奈小姐蓋的。」

她們好像接受了。

「可是，擅自重蓋沒關係嗎？雖然孤兒院是靠優奈的錢來經營，但建築物是由領主大人管理吧。擅自重蓋的話……」

「關於這一點，我已經取得了克里夫的許可，沒問題的。」

「克里夫大人是指領主大人對吧。」

「優奈……」

「優奈小姐……」

為什麼妳們要用那種傻眼的眼神看著我？

我簡單說明了自己和克里夫之間的對話，最後再將克里夫給我的錢放到桌上。

「領主大人竟然給我們錢……」

「真是令人不敢相信。」

「太讓人惶恐了。」

她們好像很害怕克里夫。這麼說來，我記得菲娜一開始也一樣。她面對諾雅的時候很緊張，沒辦法對話。可是，最近可以看到她們感情很好的樣子。

要不是認識克里夫和諾雅，貴族的領主大人或許就是一種高不可攀的對象。克里夫的口氣雖然有點那個，但基本上都願意傾聽，和我想像中的貴族不一樣。她們三個人沒有機會見到他，所以會這麼想也沒辦法吧？

雖然三人很傻眼，最後還是答應讓我重蓋孤兒院，於是我們開始討論要蓋什麼樣的孤兒院，以及需要什麼東西。

我們要將男女生的房間分開，也一一決定好浴室和飯廳的位置。其實分配房間還滿好玩的。我在蓋熊熊屋的時候，也覺得想像起來很有趣。

院長向孩子們說明，叫他們不要在蓋新孤兒院的時候靠近。孩子們露出非常開心的表情。

「絕對不可以妨礙優奈小姐喔。」

所有人都精神飽滿地回應。

我在孩子們工作的時段蓋孤兒院，莉滋小姐會看著他們，不讓他們蹺掉工作，跑來我這裡，而院長會看顧不能工作的幼年組。

我使用魔法，以建造熊熊屋的要領來蓋新的孤兒院。我心裡的藍圖是鄉間的復古學校。

入口在中央，走進建築物就可以看到左右兩邊的通道，而正面有一扇門。從正面的門進入室內就會有一個大房間，大家可以在這裡吃飯。房間深處有廚房。

左右兩邊的通道沿路有房間，右邊是女生的房間，左邊的是男生的房間。而左右兩邊的盡頭有浴室。當然了，我沒有忘記在裡面設置會吐出熱水的熊熊石像。

我走上二樓，同樣在左右兩邊分別劃分男女的房間，飯廳正上方的中央區域是遊樂區。

每個房間都是四人房，我在窗邊放了四張書桌和兩張雙層床。

提露米娜小姐用克里夫的錢訂購了生活用品，搬進孤兒院。棉被也買了新的。

孩子們很高興地吵吵鬧鬧，但還是乖乖聽院長的話，在完成以前都沒有靠近現場。就算偶爾會有年紀小的孩子想靠近，年長的孩子也會制止。

「優奈姊姊，還不能進去嗎？」

孩子們都很想進去。

「還沒有完成，不行喔。而且很危險。」

與其說是危險，說是礙事會比較正確。

孩子們聽了我的話都很不服氣。一名年紀較大的少年站到這些小孩子面前。

「你們不可以給優奈姊姊添麻煩。大家不是都答應要聽優奈姊姊的話了嗎？是誰救了我們？是誰給我們食物？我們是因為有誰才能在溫暖的地方睡覺？而且優奈姊姊還要幫我們蓋一間新的孤兒院。你們不可以任性，給優奈姊姊添麻煩。」

聽到這名少年的話，剛才吵著要進屋的小孩子都露出哀傷的表情。

「是。」

「對不起。」

孩子們乖乖道歉。

「知道就好。可是，你們該道歉的對象不是我，是優奈姊姊喔。」

少年摸了摸年幼孩子的頭。

這是不是某種洗腦？

太奇怪了吧？

努力的人是孩子們。他們會照顧咕咕鳥，也有人在莫琳小姐的店工作。他們是經營孤兒院的基礎。我只不過是幫了一點忙罷了。

「我不會讓大家靠近的。」

年約十二歲的男孩向我保證。

「嗯……嗯，謝謝你。大家也不要這麼沮喪嘛。現在只是因為很危險，才會禁止你們進入，等到完成了，我就會讓大家進去的。」

「嗯！」

孩子們跟著男孩走向舊的孤兒院。

我想相信這並不是洗腦。

後來，孤兒院的建造很順利地進行著。堤露米娜小姐訂購了棉被和衣櫃、桌椅。缺角的餐具也換新了。我以前曾說過要用賣蛋的收入來買，卻遭到院長拒絕。可是，她這次答應要買了。我買下我認為的最低限度的必需品。

接下來要從舊孤兒院將需要的東西搬到新孤兒院。我請孩子們幫忙搬東西。孩子們都開心得等不及要進入新的孤兒院了。

「院長和莉滋小姐會告訴你們房間怎麼分配。知道自己住哪間房之後，可以請你們問院長和莉滋小姐需要什麼東西再搬過去嗎？」

孩子們很有精神地回應我。

「院長，我的房間在哪裡！」

「我的房間呢！」

孩子們跑到院長身邊，院長被孩子們包圍。

「我知道了。我會先帶大家到房間。男生跟我來，女生跟莉滋小姐一起走。」

孩子們很有精神地回應院長說的話，高興地跟著院長和莉滋小姐一起走。我也為了確認是否

有問題而跟著院長過去。

「這裡是你們四個人的房間。」

「哇啊，床上還有新的棉被耶。」

男孩高興得想要撲到床上，卻被我阻止了。

「身體髒兮兮的就躺上去，會把難得的新棉被弄髒的。要先乖乖洗澡，換上睡衣才可以蓋棉被喔。」

因為他們要照顧咕咕鳥，所以我經常提醒他們要保持乾淨。

「有浴室嗎？」

「有喔。一樓最裡面那一間就是了。浴室有分男女，打掃的時候也要分開喔。」

我一說明完，男生們就衝出去了。

我也跟莉滋小姐說明過浴室要分開的事情了，我想應該沒問題。待會兒也去確認一下女生那邊好了。

房間的分配都說明完以後，院長開始指示孩子們搬行李。

要搬的東西有自己的衣服以及還堪用的物品。

等到以後，舊孤兒院就會拆除了。雖然那裡留有回憶，但有破損也是事實，要是有不認識的人出入就不好了，我們討論以後決定這麼做。

最後，孩子們請我在入口製作我的店裡那種熊。

「呃，為什麼呢，應該沒有必要吧？」

那麼做是為了幫店裡作宣傳，也只是因為店名叫做「熊熊的休憩小店」才做的。所以，孤兒院應該不需要這種東西。

可是受到孩子們的懇求，我不忍拒絕，只好在新孤兒院前做出熊熊石像。

店裡的生意很順利。我今天沒有什麼事，於是決定到好久不見的布蘭達先生那裡露個臉。我後來去了王都一段時間，所以很久沒有見面了。

我很好奇村子的近況，於是問了海倫小姐，聽說去了那裡的新人冒險者們平安打倒野狼了。雖然他們看似有點靠不住，卻好像很努力。

他們來報告達成委託的消息時，似乎有提到我的事。

「熊好厲害。」「熊超強的。」「就跟海倫小姐說的一樣。」「熊熊的熊熊也很強。」海倫小姐說他們都很興奮地這麼說著關於我的事情。

我對他們的第一印象是會亂拍人頭的離譜少年。不過一旦知道我的實力，對方也老實地道歉了，應該不是那麼壞的孩子。可是，要是有人再亂拍我的頭，我可不原諒他們。

我來到村莊附近，發現我做好的牆壁依然存在，正守護著村莊。

可能是因為魔物消失了，沒有人在看守村子的入口。我騎著熊緩直接走進村裡，就有注意到我的村民走了過來。

「村長和布蘭達先生在嗎？」

村民說兩人都在，於是我去和他們見面。

我來到村長家附近的時候，得知我來訪的村長和布蘭達先生走了過來。

「優奈小姐，歡迎妳來。」

「小姑娘，好久不見了。」

「嗯，因為我去了王都一趟嘛。」

我從熊緩身上爬下來打招呼。村裡的小孩子從剛才就開始看著熊緩，所以我叫牠去跟孩子們玩。

「王都！跑到那麼遠？」

「我有那孩子在，所以沒有那麼花時間。」

我指著正在和孩子們玩的熊緩。

「那妳今天怎麼會來？」

「我要拿伴手禮給優克，應該說是給瑪莉小姐。我希望他們好好攝取營養。」

我用熊熊箱帶了可以替瑪莉小姐補充營養的東西。如果沒有母奶就麻煩了。而且，我聽說養兒育女很需要體力。

「多虧有妳，優克很健康。他很喜歡那張虎狼的毛皮，喜歡到都不想放開呢。」

「我覺得送得很值得。」

「只可惜要拿去洗的時候，他會哭鬧。」

布蘭達先生笑道。

不過，既然是小嬰兒要用，就得保持清潔才行，洗滌是一定要的。

「在那之後有發生什麼事嗎？」

「沒什麼事。虎狼消失以後，野狼的數量也減少了。而且那些新人冒險者也有好好努力。已經幾乎沒有魔物了。」

「這樣啊。」

「雖然我一開始覺得他們是不可靠的冒險者，他們還是努力打倒了魔物。」

……我一想起那個新人冒險者，就會回憶起被拍打頭部的事情。雖然我姑且是接受了道歉，但可不會原諒再犯。

不過，他們會怕我，所以應該是不會有下次了。

我把伴手禮交給村長，請他優先分配給有小寶寶的家庭，然後去和瑪莉小姐與優克見面。

一抵達布蘭達先生家，我就見到抱著優克的瑪莉小姐。

「優奈，歡迎妳來。」

「瑪莉小姐，優克過得怎麼樣？」

「多虧有妳，他很健康喔。」

瑪莉小姐也和布蘭達先生說了同樣的話。我只不過是打倒了大型山豬和虎狼而已。明明就只是這樣，把寶寶的健康歸功於我也只會讓我不知如何是好。

優克對我的心境渾然不知，非常有精神。

我在優克眼前讓熊熊手套玩偶的嘴巴開開闔闔，他就發出「呀！呀！」的笑聲。

「呵呵，可以見到優奈好像讓他很開心。」

他只是因為熊熊手套玩偶才會開心。我想應該和我沒有關係。我看看優克的臉，然後將伴手禮送給瑪莉小姐。

「謝謝妳喔。我們都沒有什麼可以回報妳。」

「我不是想要回報才帶東西來的。我只希望優克健健康康地長大。」

「呵呵，謝謝妳。」

在這之後，我聽布蘭達先生聊了村子和新人冒險者的事，才離開村子。

新人冒險者可以打倒野狼，似乎都是多虧有布蘭達先生的協助。布蘭達先生會找到零散行動的野狼，讓新人冒險者打倒牠們。

也對，從零散的敵人開始打倒，削弱整體戰力也是戰鬥的基礎。

到布蘭達先生的村子拜訪的隔天，天氣很晴朗，所以我決定洗床單、曬棉被，也順便洗了王都熊熊屋的床單。我就這樣過完了上午，因為肚子餓了，我決定到「熊熊的休憩小店」吃飯。雖

然熊熊箱裡還放著莫琳小姐幫我做的麵包，但一個人吃也有點那個，所以我打算找個人一起吃。

我到了店面，發現有個女孩正在店門口看著熊熊擺飾。

呃～我記得這個女生是……

「妳在這裡做什麼？」

雖然想不起名字，但我記得她的臉。她是到布蘭達先生的村裡的其中一個新人冒險者，也是和拍打我的頭的少年在一起的女孩子。

「熊熊？」

「我是優奈。」

「不好意思，優奈小姐。」

我馬上糾正她。

女孩不斷向我低頭。

「呃，妳是……」

「我是荷倫。那個時候真的很謝謝妳。」

對，就是荷倫。她是四人隊伍裡唯一的女孩子。

「對了，有什麼事呢，妳是來店裡光顧的嗎？」

「是的。海倫小姐說很好吃，推薦我來吃吃看，所以我就來了，剛才正在看這隻大隻的熊熊。」

「果然很顯眼吧。」

熊拿著麵包。

「可是很像優奈小姐，很可愛。」

像熊一樣可愛算是誇獎嗎？

不過，二頭身的熊的確很可愛，但被拿來與這種可愛比較，會讓我有種複雜的心情。

「另外三個人今天不在嗎？」

這裡只有荷倫一個人。

「是的。我們今天是各自行動。所以，我一個人來吃飯。」

「這樣啊。那麼，我們一起吃吧。我也正好是來吃飯的。」

店裡可能有人，也可能沒有人。而且我也想聽聽我打倒虎狼之後發生的事。不過，聽到我的提議，荷倫露出驚訝的表情。

也對，突然受到邀請，或許就會這樣吧？

「如果妳不願意，我不會勉強妳。」

「不，沒有這回事。可是，就算和我這種人一起……」

「妳剛才說感謝我，難道是騙人的嗎？」

我試著演戲。

「沒……沒有這回事。我非常感謝優奈小姐。」

「既然這樣，妳願意和我一起吃飯嗎？」

「……好的。」

順利上鉤了。我找到荷倫一起殺時間。

我徵得荷倫的同意，和她一起走進店裡，看見孩子們正在大廳中走來走去。他們收拾著餐桌上的盤子，或是擦拭桌面。也有人在櫃台幫客人點菜。

「優奈姊姊！」

在桌邊收拾完盤子的孩子注意到我。

「要加油喔。」

「嗯！」

女孩點點頭，端著盤子走向後面的房間。

「我聽海倫小姐說過了，這裡真的是優奈小姐的店呢。」

「是啊。雖然工作的是那些孩子。」

我什麼都沒在做。我只有在剛開始的時候協助餐廳的開張。現在是以莫琳小姐和堤露米娜小姐為中心經營。

「荷倫，妳有什麼討厭吃的東西嗎？」

「不，沒有。」

「那麼，我就隨意拿一些過來，妳坐著等一下吧。」

剛才的女孩把桌面整理乾淨了，所以我請荷倫坐著占位子。

我走向後面的廚房拿了幾個麵包，再請人烤披薩。布丁因為庫存不多，所以由我從熊熊箱裡拿出來。

披薩烤好之後，我對莫琳小姐道謝，回到荷倫身邊。

「讓妳久等了。」

「不，我沒有等多久。」

「妳不用這麼緊張沒關係。」

我總覺得她的肩膀有點僵硬。

「好了，妳可以選喜歡的東西來吃。」

我把披薩和我挑選的推薦麵包放到桌子上。

「謝謝妳。」

她雖然這麼回應，卻沒有伸手的動作。

「怎麼了？」

「因為每一樣看起來都很好吃，我很猶豫。」

「這是披薩，另外這些是我推薦的麵包。然後這是布丁，我想妳應該會想吃。」

「這就是……」

她盯著布丁。

「可是，布丁留在最後吃比較好。」

荷倫點點頭，開始挑選麵包，卻猶豫不決，一直沒有伸出手。

「那麼，我們一人一半好了。」

「一人一半嗎？」

「這樣一來，就可以每個種類都吃到了。還是妳不想要這樣？」

「沒……沒有這回事。那樣的話，我就不用猶豫了。」

我拿出小刀，將所有的麵包都切成一半。然後和荷倫一起開動。

「真好吃。」

她真的吃得津津有味。也是，莫琳小姐做的每一種麵包都很好吃。我還從中挑出自己特別喜歡的幾種，當然好吃了。

「這個披薩也很好吃喔。」

「是的！」

開動之後，或許是緊張的情緒已經舒緩，我們開始聊天。

「妳和另外三個人從小就認識嗎？」

「是的。我們從出生時就在一起，一直在一起。後來，他們三個人說要成為冒險者，我才決定和他們做一樣的事。」

這樣不會變成爭奪荷倫的關係嗎？

荷倫很乖巧，也是個可愛的女孩子。她雖然有點忸忸怩怩的，但在男生的眼裡看來，說不定是個令人很想保護的女生。

「可是，妳的父母竟然願意讓妳去當冒險者。」

冒險者是很危險的職業。我不認為父母會允許。假如菲娜說她想要當冒險者，我一定會阻止她。雖然菲娜不是我的女兒。

「我爸媽答應的條件是和另外三個人一起。所以，我不想要給他們三個人添麻煩。雖然我會用魔法，卻很弱。我不會用劍或是弓，老是扯他們後腿……」

她的聲音愈來愈小。

「可是，妳會用魔法吧？」

「是的。可是，威力很弱。」

嗯～這部分我就不清楚了。果然和魔力的強弱有關係嗎，還有就是想像力了吧？

「為什麼優奈小姐會這麼強呢？」

我不能說是因為神賜給我開外掛般的熊熊裝備。

「妳是跟誰學怎麼用魔法的？」

「是。我跟村裡會用魔法的人學過。可是，那個人也不會用比較強的魔法。」

這麼說來，是老師不好嗎？

話說回來，一般人都是在哪裡學魔法的呢，果然是學校之類的地方嗎？

「嗯～那麼，要不要我幫妳看看？」

我也想知道自己的知識管不管用。

「真……真的可以嗎！」

「就算我教妳，也不一定能成功喔。」

我姑且提醒她。我的知識有可能是錯的。不要讓她空歡喜一場比較好。

「是，我了解。」

看她這麼高興，希望她真的了解。

「那麼，吃完東西就去練習吧。」

「好的！」

荷倫露出笑容，開始吃麵包。

然後，她最後吃下布丁，表情就更加滿足了。

我們離開餐廳，來到城市的郊外。這裡沒有人，使用一點魔法應該也不會給別人添麻煩。

「這附近應該可以吧？」

我使用土魔法，做出一道牆壁。

「好厲害。」

光是如此就被她誇厲害，讓我不知該作何反應。

「總而言之，妳用用看自己擅長的魔法吧。」

「好的，我知道了。」

荷倫將掛在腰間的短杖拿到手裡，讓風聚集在法杖周圍，然後對牆壁放出風之刃。可是，風之刃一碰到牆壁就煙消雲散。

「妳擅長風屬性嗎？」

「雖然只有一點點，但比較容易成功。可是，威力很弱。」

「妳還會其他的嗎？」

「稍微會一點。」

荷倫這麼說，讓魔力聚集在法杖上，製造火焰。她揮舞法杖，但火焰卻在碰到牆壁前就消失了。接著使用的是水魔法。大小相當於棒球的水球飄浮在法杖前端，在荷倫揮舞法杖後發出啪答的聲音碰撞牆壁，然後破掉。土魔法也一樣。

問題或許出在壓縮上面吧？

不管是水還是土，硬度都不夠。這個樣子就只是單純的水和土而已。她對火的想像力不足嗎？所以，容易想像的風或許比較容易使用。

這樣的話就只是在用魔力作轉換而已……大概吧。

「果然不行嗎？」

「嗯～該說是不行嗎……」

我從熊熊箱裡取出初學者的魔法書。我只讀了一次，就再也沒用到這本書。

「我記得這裡面有寫，用魔法時的想像力很重要。」

「想像力是嗎？」

「用魔法時，妳會想像吧？」

「是的。」

「那麼，我用最好懂的土魔法來說明好了。」

我使用土魔法，和荷倫一樣做出大小相當於棒球的土塊。

「妳拿看看。」

「好的。」

「……好……好重。」

「沒錯，該說是壓縮嗎。我做的時候會把土壓緊。所以，拿起來又重又硬。只要用這個打魔物，就可以對牠們造成傷害。而且，如果用魔力投擲，還能夠增強威力。」

我請她把土塊還給我，然後用魔力對土牆投擲土塊。土牆上開了一個洞。

「好厲害。」

「只要能做到這個技巧，就能改變形式，應用在各種地方。可以做出牆壁阻擋對手的攻擊，也能誘導對手的行動。這麼一來，還可以讓敵人跑到有同伴正在等待的地方喔。」

「好厲害喔。」

「另外如果像這樣改變形狀，攻擊力也會上昇。」

我做出像長槍般細長的物品，投擲出去。牆壁就像剛才被球打到一樣被打穿。

「前端如果是尖的，就容易刺中對手。總之如果做得不夠硬，就沒辦法對敵人造成傷害。」

「我了解了。我試試看。」

荷倫作好心理準備，然後在法杖上集中魔力，做出土塊後往牆壁投擲。這次的土塊發出沉重的聲音，掉落在牆壁前。

「優奈小姐，我成功了！」

「感覺不錯呢。接下來只要加快速度，就可以提昇威力了。」

「是！」

可能是一次的成功讓她很開心，荷倫挑戰了好幾次。每次土塊擊中牆壁，都會發出沉重的聲響。比起第一次使用的魔法，硬度增加了許多。

我其實還想要教一些其他的事，但荷倫因為過度使用魔力，已經喘不過氣了。

「接下來只要練習就行了呢。」

「非……非常謝謝妳。我開始有一點自信了。」

「其實我還想要教妳使用其他魔法的訣竅的。」

「不，我想要先學會優奈小姐教我的土魔法。就算學到很多事，以我的實力也只會浪費而

已。」

「魔法可以攻擊也可以防禦，要在後方好好確認狀況再使用喔。」

我試著光明正大地把自己在遊戲裡學到的知識拿出來現學現賣。

「只要做出牆壁，就可以掩護同伴逃跑，也可以重新整隊。提昇命中率以後，還能在同伴正在戰鬥的時候發動攻擊。就算學會魔法，根據用法的不同，也可能會派不上用場，要注意喔。」

「是！」

「還有，魔力的分配也要注意。魔法師沒了魔力就會礙手礙腳，魔力要盡量省著用。如果沒有回復魔力的道具，節省魔力就是遊戲的基礎。」

「是！」

荷倫確實地回應我。

「那麼，今天要好好休息，讓魔力恢復喔。另外，下次練習的時侯，最好可以記住自己能使用幾次魔法。這麼做的話，戰鬥的時候會派上用場的。」

「好的。今天真的很謝謝妳。我開始覺得自己可以繼續當冒險者了。」

「可是，絕對不可以勉強喔。畢竟人死不能復生嘛。」

「是！」

荷倫回應之後，一直盯著我看。

「怎麼了？」

「那個，我還可以請妳教我嗎？」

「嗯~我有時候會不在城裡，如果只是偶爾的話，可以啊。」

「是，非常謝謝妳。」

她對我深深低下頭。

「另外，我可以叫妳老師嗎？」

「老師？」

「如果妳不願意的話，那就算了。可是，妳教了我很多事。」

「像以前一樣就好了，如果妳想那麼叫的話也沒關係。」

「是，優奈老師！」

被這麼稱呼的瞬間，我感到背部發癢，於是馬上拒絕了她叫我老師的請求。

雖然荷倫一臉遺憾，但被稱呼為老師讓我很害臊，所以不行。

和荷倫進行魔法特訓後過了幾天，我走在前往孤兒院的路上，發現荷倫就走在我前方。這條路前方應該只有孤兒院才對。

我跟在她後面，發現她並不是去孤兒院，而是去我先前和她一起練習魔法的地方。

荷倫環顧四周，站到岩石前方開始練習魔法。

她發動了土魔法，攻擊岩石。雖然聲音響亮，岩石卻沒有裂開。

是速度不夠嗎，威力確實是不足的。

「荷倫。」

「優奈小姐！」

我一出聲，她就嚇得跳了起來。妳也用不著這麼驚訝吧。

「妳在練習魔法？」

「是的。多虧優奈小姐，我的魔法變強，已經可以掩護大家了。可是，威力還是太弱，沒辦法給敵人最後一擊。就算辛幫我拖住魔物，我也沒辦法用魔法打倒牠。因為有造成傷害，所以算是有進步。可是，我經常遇到差一點就可以打倒敵人的情況。」

所以她才會練習啊。

「那麼，我來教妳一下吧。」

看到努力的人，我就會想要替對方加油。

「真的嗎？」

「妳說威力不足對吧。」

我在旁邊看的時候也這麼想。雖然攻擊力比以前高，卻也只是被棒球打到的程度。剛好打中弱點的話是可以打倒敵人，但是打中其他地方頂多只會造成疼痛。這和棒球的觸身球沒有兩樣。

所以，我決定傳授提昇攻擊力的第二招。

「那麼，來練習旋轉吧。」

「旋轉？」

我用土魔法做出一顆和棒球差不多大的球。然後，我讓這顆球高速旋轉。

「看得出來嗎？」

「是。它用很快的速度在旋轉。」

「那麼，妳用地上那根樹枝戳戳看。」

荷倫用地上的樹枝觸碰在我熊熊玩偶手套上方高速旋轉的土球。在這個瞬間，她大叫：「嗚哇！」樹枝被彈到般斷掉了。

我輕輕把球扔到地面上，地面被土球鑽出一個洞。

「好厲害。」

「只要加上旋轉，速度和威力都會增加。妳試試看。」

「是！」

荷倫做出一顆土球，使之旋轉。

「太慢了。」

雖然球在旋轉，但很慢。

「嗚嗚，好難喔。」

「妳可以趁有空的時候練習。旋轉的圈數增加，威力應該也會上昇。」

「是。」

雖然我教了她各種事，但說不定跟這個世界的魔法教學方式不太一樣。可是科學上已經證明這樣會變強了。

「優奈小姐，請問妳為什麼對我這麼好呢？我只有給優奈小姐添麻煩，什麼貢獻都沒有。」

「嗯～大概是因為荷倫是個女生，又很努力吧。」

「我很努力？」

「嗯，我看到努力的人就會想要幫對方加油。而且一般人都不希望親近的人受傷或死掉吧。我不知道妳是以什樣的心境當上冒險者的，但冒險者不是很危險的工作嗎。我沒有權力阻止妳，既然這樣，我希望妳可以變得強到頂多受傷，不至於喪命的程度。」

「優奈小姐……」

「而且冒險者不是有很多男生嗎，所以，我也想要提昇女性的地位。妳要努力變強喔。」

「啊，可是也不能因為這樣就去接太難的委託喔。」

「……我會加油的。」

「是！」

荷倫很有精神地回應我，而我一直陪著她直到魔力用盡。

希望她可以變強。

後記

四個月沒見了。我是くまなの。

繼《熊熊勇闖異世界》第三集之後，非常感謝您又拿起了第四集。本作已經順利出版到第四集了。

在第四集，優奈終於開了一間自己的店，也延攬到麵包師傅。這家店很有優奈的風格，放著熊熊擺飾，在這裡工作的孤兒院孩子也穿著熊熊制服，很努力地工作著。

獲得麵包的優奈這次為了取得海鮮而前往海邊。雖然抵達了海邊，她卻沒有辦法輕易地拿到海鮮。說到海中的魔物，就要讓克拉肯出場了。雖然優奈在地面上能發揮開外掛般的能力，卻無法在海上戰鬥，也不會飛，所以狩獵克拉肯時也費了一番工夫。不過，她還是一樣硬是打倒了魔物。

在這次新發表的章節中，我寫了在第二集登場的新人冒險者——荷倫的故事。她是個在村莊長大的新人冒險者，所以關於魔法的知識很少，只會使用弱小的魔法。可是，經過優奈的指導，她也學會稍微強一點的魔法了。希望今後還有機會描寫成長過後的荷倫。

而另一篇則是我一直想加入的重蓋孤兒院的故事。這樣一來，孩子們也有溫暖的地方可以睡

了。就算因為工作或玩遊戲而弄髒身體，也有浴室可以洗澡。我希望孤兒院的孩子們可以得到幸福。

另外，優奈等人就要在今年八月登上東武鐵道全線了。

其實是東武鐵道全線即將展示《熊熊勇闖異世界》的廣告。真是萬分感謝。

最後要感謝在本書的製作過程中，一口答應讓我在作品中使用「黏土人」名稱的GOOD SMILE COMPANY。也很感謝關照我的編輯在修正時給了我許多細節上的建議。

另外，029老師這次也答應了我的無理要求。非常感謝您繪製美麗的插畫。小隻的熊緩和熊急真的很可愛。

為本書盡心盡力的各位出版社同仁，非常感謝你們。

我們十一月（註：日本方面）再會。

二〇一六年七月吉日　くまなの

國家圖書館出版品預行編目資料

熊熊勇闖異世界 / くまなの作 ; 王怡山譯. -- 初版. -- 臺北市 : 臺灣角川, 2017.05-

冊 ; 公分

譯自 : くまクマ熊ベアー

ISBN 978-986-473-672-0(第4冊 : 平裝)

861.57　　106004523

Kadokawa
Fantastic
Novels

熊熊勇闖異世界 4

（原著名：くま クマ 熊 ベアー 4）

2017年5月15日 初版第1刷發行
2021年1月22日 初版第3刷發行

作者：くまなの
插畫：029
譯者：王怡山

發行人：岩崎剛人
總編輯：蔡佩芬
編輯：蘇涵
美術設計：黃永漢
印務：李明修（主任）、張加恩（主任）、張凱棋

發行所：台灣角川股份有限公司
地址：105台北市光復北路11巷44號5樓
電話：（02）2747-2433
傳真：（02）2747-2558
網址：http://www.kadokawa.com.tw
劃撥帳戶：台灣角川股份有限公司
劃撥帳號：19487412
法律顧問：有澤法律事務所
製版：尚騰印刷事業有限公司
ISBN：978-986-473-672-0